KB268396

물처럼 흐르고——
원칙으로 서다

내일꽃

물처럼 흐르고

원칙으로 서다

김용환이 후배들에게 전하는 인생 노트

김용환 지음

책을 펴내며

나는 오랜 시간 금융과 행정, 조직의 현장에서 일해 왔다. 그 과정에서 수많은 선택의 갈림길을 지나왔다. 그 사이 때로는 성과로 평가받았으며, 때로는 결과에 대한 책임을 온전히 감당해야 했다. 직함과 역할은 계속 바뀌었지만 개인으로서 삶을 대하는 고민은 늘 같은 자리에서 반복됐다.

이 책은 그 시간들을 정리해 보고 싶다는 마음에서 시작됐다. 소용돌이치듯 빠르게 변하는 세상 속에서 가쁜 숨을 몰아쉬는 젊은 세대에게 내 시간이 다소나마 도움이 될 수 있지 않을까 싶었다. 내가 젊었던 시절도 혼돈의 시기였지만, 지금의 세대는 그때와 비교할 수 없는 속도전 속에 살고 있다. 작은 일에 일희일비하며 마음을 다치고 불확실한 미래 앞에 불안해하는 이들에게 내가 겪어온 시간을 예시 삼아 지혜를 나누고 싶었다. 고난은 피해야 할 재앙이 아니라 도약을 준비하는 시기이며, 조금 느리더라도 자연스럽게 흐르는 물처럼 살다 보면 결국 바다에 닿는다는 사실을 말해 주고 싶었다.

처음에는 무엇을 써야 할지 오래 망설였다. 치열하게 살아온 시간만큼 꺼낼 이야기는 많았지만, 그것이 과연 누군가에게 의미 있는 기록이 될 수 있을지 확신하기 어려웠다. 더욱이 한 사람의 이력과 성취를 나열하는 일은 그리 어렵지 않지만, 그 과정에서 느꼈던 두려움과 흔들림 그리고 선택의 무게를 솔직하게 풀어내는 일은 생각보다 쉽지 않았다. 지나온 시간을 미화하지도, 그렇다고 가볍게 흘려보내고 싶지도 않았기 때문이다.

이어 인생이라는 전쟁터에서 느낀 내밀한 감정들을 글로 풀어내는 일은 지난날로 다시 걸어 들어가는 것만큼이나 힘든 작업이었다. 하지만 내 경험이 누군가에게 작은 희망의 불씨가 될 수 있다는 마음에 고된 시간을 즐기기로 했다. 특히 내 경험이 자칫 낡은 훈계가 되지 않도록 진심을 담아 한 자 한 자 정성을 다해 써 내려갔다.

글을 쓰는 동안 가장 고민했던 점은 '얼마나 드러낼 것인가'였다. 개인의 경험은 언제나 주관적일 수밖에 없고, 지나간 선택에는 결과가 따라붙는다. 그 결과를 알고 있는 상태에서 과거를 돌아보는 일은 조심스러웠다. 그래서 이 책에서는 무엇을 이뤘는가보다 어떤 태도로 시간을 건너왔는가를 중심에 두려 했다. 성공의 공식이나 정답을 제시하기보다는 한 사람이 자기 자리에서 버텨 온 방식과 생각의 흔적을 남기고 싶었다.

돌이켜 보면 삶은 계획한 대로만 흘러가지 않았다. 예상하지 못한 변수와 실패, 우회로가 늘 함께했다. 그러나 그 모든 시간이 쌓여 지금의 나를 만들었다. 이 책은 그 사실을 기록한 하나의 개인적인 증언이다. 잘해 온 선택만이 아니라 흔들렸던 순간과 돌아갔던 길 역시 삶의 일부였음을 인정하는 기록이다.

이 글을 읽는 분들 각자의 삶의 속도와 방향은 다를 것이다. 그러기에 모든 글이 모두의 마음에 울림을 줄 수는 없다. 다만 이 책에서 전하고 싶은 것은 단순하다. 고난의 시기는 피해야 할 실패가 아니라 다음 걸음을 준비하는 시간일 수 있다는 것이다. 따라서 모두가 스스로 흘린 땀방울을 믿고 뼈아픈 실패조차 성공의 뼈대가 된다는 긍정적인 마음을 가졌으면 한다. 부디 이 책이 거친 물살을 헤쳐 나가는 모든 이들에게 잠시 숨을 고르는 쉼터이자 새로운 도약을 위한 작은 디딤돌이 돼 주기를 소망한다. 그 정도면 이 기록을 남기는 보람은 충분하다.

여기에 작은 바람 하나를 더하면, 훗날 내 손주들이 할아버지를 추억하려 할 때 이 책이 그들의 기억을 정리하는 데 보탬이 됐으면 하는 것이다.

차
례

원칙을
지켜온 시간

나를 만든
'아버지의 가르침'

내가 경영자로서 평생을 지켜온 신념은 '원칙 제일주의'다. 40여 년의 금융 현장에서 나는 격식을 차리는 대신 원리원칙을 지키고, 그러한 자세로 고객과 직원 그리고 많은 사업 동료를 설득했다. 그렇게 오래전부터 내 세포 깊숙한 곳에 자리한 '원칙 제일주의'의 뿌리는 두 줄기다.

하나는 1980년 제23회 행정고시에 합격해 관료 사회에 입문한 뒤로 실전에서 부딪치며 축적해 온 경험의 산물이다. 그리고 다른 하나는 어린 시절부터 들어왔던 아버지의 오랜 가르침에 기반하고 있다.

어린 시절 나는 충청남도 보령의 작은 동네에서 살았다. 그 시절 시골 동네 어른들이 으레 그랬듯이 우리 동네 어른들도 자식에게 거는 기대가 크셨다. 잘 키운 자식이 판사·검사·의사 등 '사 자' 직업을 당당히 이름 뒤에 박아 넣고 성공한 청년으로 금의환향하는 그림을 누구나 그렸다.

하지만 우리 집은 조금 달랐다. 공부에 매달려 훌륭한 직업을 가진 사람이 되길 바라는 여느 부모님들과 달리 내 아버지는 학업보다 어린아이가 성장하는 과정에서 겪는 경험을 중요시하셨다.

"공부도 좋지만, 어릴 때만 할 수 있는 일은 최대한 다 경험해 봐야 한다."

아버지는 내가 또래 아이들과 놀다가 다치기도 하고, 흥미 있는 일에 몰두해 열정을 불태워 보기도 하는 식으로 자유롭게 커 가는 과정 하나하나를 존중해 주셨다.

다만 아버지는 내게 늘 "규칙을 준수하라"고 가르치셨다. 공부를 게을리하는 것을 야단치시기보다는 약속 시간에 늦는 것과 같은 질서를 어기는 일을 더 엄하게 혼내셨다. 한 번은 동네 아이와의 갈등을 아버지께 들킨 일이 있었다. 더 큰 화를 피하려 서둘러 "잘못했습니다"를 연발하는 나를 앉혀 두고 아버지는 종이와 펜을 쥐여 주셨다.

그러고는 "어떻게 대처하는 것이 옳은 방식일지를 깊이 생각하고, 그것을 정리해 적으라"고 하셨다. 특히 교과서에서 볼 법한 뻔한 대답이 아니라 고민을 거듭해 '바른 삶'에 대한 내 나름의 해답을 내리도록 요구하셨다. 그것이 핵심이다.

이처럼 아버지의 가르침 속어는 항상 나 스스로 기준을 결정하는 선택이 주어졌다. 나는 처음엔 꾸중을 피하기 위해 행동거

지에 신경 썼다. 또래 아이와 시비가 붙을 때나, 물건에 욕심이 생길 때면 '어떻게 해야 꾸중을 듣지 않을지'부터 생각했다. 그러는 사이 어떤 상황에서는 어떤 행동이 옳고, 어떤 상태에서는 어떻게 대처하는 것이 합리적인지를 고민하는 습관이 저절로 생겼다.

성장하면서는 어떻게 하면 주위 사람들로부터 손가락질 대신 칭찬을 받을지를 궁리했다. 그리고 이것이 반복되면서 지금은 '어떻게 살아가는 것이 내 삶의 정직함인가' '어떻게 행동하는 것이 내게 옳은 결정이 될 것인가' 등을 스스로에게 되묻는 일이 버릇이 됐고, 언제나 나는 그 기준을 아버지의 엄격한 가르침에서 찾는다. 아버지는 내게 '스스로 판단하는 공정함'을 가르치셨고, 이는 내 삶의 이정표가 됐다.

특히 아버지는 결과만을 보고 판단할 게 아니라 과정에서도 경험할 게 많다는 점을 늘 강조하셨다. 아이에서 어른으로 성장하는 과정에서는 많은 것을 보고 듣고 체험하며 많은 선택지를 가슴에 품고 자라야 한다는 것이다. 이와 같은 말들은 내가 진로를 선택하는 데에도 변함없이 적용됐다. 바로 '네가 몰두할 수 있는 것을 해라'이다. 그리고 이 말은 내가 후배들에게 꼭 들려주고 싶은 말이기도 하다.

40여 년간 교단을 지키며 교직자의 길을 걸으신 아버지는 나에게 있어 가장 가까우면서도 가장 엄격하신 어른이셨다. 그런 아버지의 가르침은 나에게만 영향을 미친 것이 아니다. 우리 고향 마을 보령의 큰길 입구에는 지금도 아버지의 함자가 적힌 공적비가 세워져 있다. 아버지의 옛 제자들이 스승의 은혜를 기리며 세운 비석이다.

나는 중학교를 졸업하고 곧장 서울에 있는 학교로 진학했다. 친척 집과 하숙집을 전전하며 어린 나이부터 홀로서기에 도전하는 동안 가끔씩 부모님께서 서울로 올라오셨다. 그럴 때면 어김없이 서울에서 성공한 옛 제자들이 아버지를 찾아와 인사를 올리곤 했다. 시골 학교가 가진 유대의 정서가 크게 작용한 측면도 있겠지만, 방황의 시절을 함께한 제자들에게 아버지는 엄하지만 그만큼 배울 것도 많은 '인생의 스승'이셨던 듯했다.

나는 서울에 올라와 새로운 생활에 적응하는 문제도 '늘 규칙을 준수하라'는 아버지의 가르침으로 어렵지 않게 풀어갔다. 사람과의 관계에도 아버지의 가르침은 나침반이 됐다. 사람과 사람은 수많은 다양성으로 얽혀 있다. 하지만 어느 환경에서도 변하지 않는 것은 '나의 자세가 상대의 자세를 결정한다'는 것이다. 이에 나는 아버지의 가르침대로 만나는 사람들에게 늘 정직하고 공정하게 대하려고 노력했다. 그리고 이것은 다른 사람이 나를 보는 기준으로 이어졌다. 그렇게 살아오면서 나는 옳은 선택을 내리는 판단력을 키울 수 있었다. 이 판단력은 내가 경영자로서 수많은 결정과 난제를 해결하는 데 중요한 역할을 했다.

이제 이 '철학'들을 이 시대를 살아가는 젊은이들을 비롯해 후배들에게 들려주려 한다. 그 내용이 대단해서가 아니다. 내가 걸어온 길이 빛나서는 더더욱 아니다. 다만 내가 부끄럽게는 살지 않았고 그것이 아버지의 가르침 덕이었던 것처럼, 후배들이 저마다 자신의 삶을 주도적으로 경영하는 데 작은 도움이라도 주고 싶을 뿐이다.

이 책은 내가 법과 원칙을 토대로 삶을 꾸려오는 동안 어떤 문제를 만나고, 그것을 어떤 방식으로 풀어냈는지를 담고 있다. 물론 내가 모든 문제들을 해결할 수도 없었거니와, 나의 해결책만이 정답이라고 할 수도 없다. 다만 나의 경험이 후배들에게 하나의 기준은 될 수 있다고 본다. 내가 배우고 실천하면서 나름대로 얻은 기준이다. 그 기준이 나의 성장에 도움이 됐듯이 후배들의 성장에도 작은 보탬이 됐으면 한다. 그것이면 족하다.

내가 지켜온
'원칙제일주의'

내가 경험을 통해 배운 삶의 철학이자 성공 비결 중 하나는 '원칙에 앞서는 질서는 없다'는 것이다. 원칙은 모든 상황에서 가장 기본이 되는 규칙이며, 문제의 상황에서 기준으로 삼아야 할 해결의 실마리는 늘 제자리에 있다. 그렇기에 문제를 해결할 때는 서두르기보다 기초적인 부분부터 확인할 필요가 있다. 원칙이 그것이다.

이러한 원칙을 지키고 원칙을 기반으로 하여 살아간다는 것은 가장 근본에 가까운 지점부터 탐색하고 차근차근 일의 순서를 생각하며 판단한다는 생활 자세를 전제로 한다. 샘물이 개울을 이루고, 개울이 모여 강이 되며, 강들이 마침내 바다에 이르듯이 세상 일 대부분은 작디작은 것에서 시작된다. 그리고 대개의 원칙은 작디작은 것들, 그 안에 있다. 그것 하나 제대로 지키지 못하면서 큰일을 도모할 수는 없다.

인생의 목표가 크더라도, 그것을 하루아침에 이룰 수는 없다.

작은 것부터 하나하나 성취해 가야 한다. 따라서 목표를 이뤄 가는 과정에 조급함을 가질 필요는 없다. 멀리 봐야 한다. 자신의 행동과 생각에 확신을 가지고 옳다고 믿는 길을 최선을 다해 묵묵히 가다 보면 보상은 저절로 따라온다.

'유수부쟁선(流水不爭先)'이라는 말이 있다. "흐르는 물은 앞을 다투지 않는다"는 뜻이다. 물은 생명체가 살아가는 데 필수 요소로, 지구상의 모든 생명체는 물 없이 살아갈 수 없다. 그럼에도 물은 스스로 자신을 빛내지 않는다. '물 쓰듯 한다'는 말에서도 알 수 있듯이 귀함보다는 평범한 가치로 평가된다. 또한 선후(先後)를 다투지 않고 낮은 곳을 향해 흘러 큰 바다에 도달한다. 이렇듯 물은 많은 철학을 담고 있다. 인생도 마찬가지다. 인생도 시간의 물결을 타고 흘러가는 것이다. '유수부쟁선', 이 말에서 나는 성실과 겸손을 배웠다.

물론 이 얘기도 내 아버지의 가르침이다. 아버지에게서 나에게 대물림된 이러한 원칙주의적 사고와 성실 그리고 겸손이 나의 경험을 통해 후배들에게도 전해질 수 있으리라고 기대한다. 언제나 지름길만 탐색하는 것보다는 늘 원칙에 따라 주어진 길을 걷는 것이 끝내는 옳은 방향으로 나아가는 길임을 이제부터 내가 경험한 삶으로 들려주려고 한다.

원칙을 세워라

모든 시작은
자신이 만든다

언제나 시작은 중요하다. "강렬한 첫 문장이 매혹적인 소설을 만든다"는 말이 있듯이 강렬한 시작은 사람들의 눈길을 사로잡고 매료시킨다. 나아가 한 인물의 인상을 결정짓는 중요한 요소로 작동할 수 있다. 좋은 시작은 '이야기'가 계속 진행될 수 있는 원동력이 돼 준다. 여기서 이야기는 문학작품으로서 소설이 될 수도 있고, 우리가 살아가면서 수없이 맺는 관계이거니 삶 자체일 수도 있다.

속된 표현으로 "'수저'가 사람의 계급을 나눈다"는 말처럼 첫 출발이 이후의 많은 것을 좌지우지한다. 하지만 그것이 절대는 아니다. 시작이 모든 것을 결정짓는 요소는 아니라는 얘기다. 한 인물이 성장하기까지의 과정을 예로 들면, 누군가 태어나면 우선 이름이 붙는다. 그는 그 이름으로 인생의 목표를 찾기 위해 시간을 보내고, 그 사이사이에 수많은 사건을 맞이할 것이다. 그는 다른 인물과 만나 감정을 교류하며 웃기도 하고, 역경에 부딪혀 눈물짓기도 할 것이다. 그렇게 인생의 목표를 달성하기 위해 살아가면서 숱한 사건을 만나고 그 사건을 통해 변화하고 성장한다.

결국 이러한 과정을 거친 인물은 처음과 끝이 전혀 다른 사람이 돼 있을 게 분명하다. 삶의 과정에서 겪은 경험들이 성격이나 가치관의 변화를 통해 그 인물을 성장시켰기 때문이다. 삶에서 만난 경험들은 반드시 우리의 내면에 쌓여 가기 마련이다. 살아가는 매순간에 최선을 다해야 할 이유가 여기에 있다.

또 우리가 누구와 만나는 일은 또 다른 무수한 갈래를 만든다. 따라서 자기 삶의 이야기 전개를 결정짓는 것은 결국 그 순간의 자기 선택에 달려 있다.

경영인을 예로 들면, 그는 기업을 운영하는 과정에서 반드시 중요한 분기점을 마주하게 된다. 분기점에서 어떤 결정으로 기업을 이끄는가는 훗날 어떤 형태로든 변화를 만들어 낸다. 그리고 이때의 결정은 대개 그가 살아온 경험을 기초로 한다.

위기를 기회로 만든 경영 능력은 분기점에서 어떤 결정을 내려 성공적 변화를 가져왔는지를 말하는 것이다. 따라서 성공한 경영인이 되는 것은 순간의 선택과 그 선택의 방향을 결정지을 지금까지의 경험이 좌우한다고 할 수 있다.

소설에는 기승전결이 있다. 그 소설에서 시작이 가지는 비중은 극히 일부분에 불과하다. 의료기술이 발전하고 평균 기대수명이 늘어난 현대사회에서 사람의 삶은 너무나도 긴 시간이다. 소설로 치면 단편소설이 아니라 대하소설쯤 된다. 그 시간에서 단지 시작에 얽매인다면 우리는 삶의 시간을 효율적으로 사용할 수 없다.

더욱이 삶과 소설의 가장 큰 다른 점은 삶은 언제든 시작을 다시 써 넣을 수 있다는 것이다. 인쇄된 활자와 달리 삶의 시간은 계속해서 변화하고 멈춤 없이 이어진다. 삶에서 나의 시작을 어디서부터 찾아야 할지 모를 때는 언제든 나의 시작을 새롭게 만들어 낼 수도 있다.

따라서 시작이 미미하다고 해서 주저할 필요는 없다. 소설의 상상력이 끝없이 확장되듯이 우리의 삶도 여러 갈래로 나뉘고 확장되기 마련이다. 얼마만큼 갈리고 어디까지 확장될지는 아무도 예상할 수 없다. 그래서 나는 내가 가장 젊고 화려한 시기라고 생각하는 때, 바로 그때를 시작이라고 부르며 살아가고 있다.

이즈음에서 조언 하나 던지자면, 누구든 현재 스스로를 미미하다고 생각한다면 그것은 이제야 막 삶의 시작점을 지났거나, 혹은 아직 시작점에조차 서지 않았기 때문이다. 인생에서의 시작은 늘 얼마쯤 지나서 뒤돌아봤을 때 비로소 뚜렷하고 크게 보이는 법이다.

따라서 지금 당장 자신이 미미하다고 생각할 이유도 없고, 그런 생각이 자꾸 든다고 해서 실망할 필요도 없다. 지금 당장 필요한 것은 목표를 가지고 시작하는 일이다. 삶이 계속되는 한 시작은 언제든 가능하고, 우리 스스로 시작을 선택할 수도 있다.

꿈은 바뀐다,
바뀌어서 꿈이다

나 스스로 '40년 이상 경력의 베테랑 금융인'이라고 말하지만, 실상 지나온 인생은 '어쩌다'의 연발이었다. 내가 시작부터 비장한 꿈을 품고 금융인의 사명을 담은 거창한 첫발을 내디딘 것은 아니라는 얘기다.

어린 시절 나의 꿈은 법조인이었다. 어느 날 아침 식탁에서 밥을 먹는데, 누군가 현관문을 두드렸다. 어머니가 자리에서 일어나 나가시고, 아버지와 나는 말없이 아침을 먹었다. 어머니는 문을 반쯤 열어둔 채 손님과 심각한 대화를 나누시는 듯했다. 그러고는 잠시 후 방으로 돌아오셔서 아버지를 바라보며 "사기를 당했다니…" 하고 한숨을 쉬셨다.

부모님이 나누는 대화를 종합하면, 가끔 얼굴을 뵈면 고개를 숙여 인사를 하던 이웃 어른에게 뭔가 나쁜 일이 생긴 모양이었다. 내게는 자세한 이야기를 해 주지 않으셨지만 어린 나이임에도 들려오는 말들로부터 대강의 전말은 이해할 수 있었다. 왠지 모를 무거운 분위기가 식탁을 짓눌렀다. 나는 숟가락을 입에 문 채 생소한 기분에 휩싸였다.

그 추운 겨울날 어머니와 이웃 어른이 대화를 나누는 광경을 몇 차례 보고 그 내용을 전해 들으면서 든 생각은 '법이 모두에게 평등하지 않다'는 것이었다.

순식간에 많은 빚을 진 이웃 어른은 채무를 감당하지 못하고 재산을 처분한 뒤 이사를 떠났다. 공동체 의식이 강했던 주민들은 가능한 범위에서 도움을 주려고 백방으로 뛰어다녔다. 우리 부모님도 마찬가지였다. 하지만 시골에서 법 조항에 해박한 사람은 아무도 없었다. 이웃 어른이 왜 사기를 당했는지조차 확인하지 못했다.

그때 어렴풋이 생각했다. '법은 인생의 중요한 순간을 결정짓는다'고 말이다. 법이 삶에 깊이 관여하고 있다면 규정을 잘 아는 것이 많은 기회를 얻는 길이라는 생각도 했다. 그리고 농촌에서 자라는 동안 정말 어려운 생활환경에 놓인 사람들은 법의 보호조차 받기 어렵다는 것을 처감했다. 그것은 나이가 많은 어른들도 비켜갈 수 없는 현실이었다. 법은 많은 악의로부터 삶을 보호하기 위해 존재하는 것이지만, 실상은 모두에게 공평하지 않은 듯하다는 생각이 점점 깊어졌다. 그와 동시에 어려운 사람을 일부러 겨냥해 법을 악용하려는 모습도 숱하게 봐왔다.

어린 시선으로 세상을 보며 막연하게 품은 생각은 '법이 공평하지 않다면 더 공평할 수 있는 법 조항을 만들어 평등한 정의를 만들겠다'는 것이었다. 내가 많이 아는 것으로 어려운 처지에 놓인 사람들에게 도움을 주리라는 생각도 했다. '아는 게 곧 무기다'라는 사실을 나는 좀 일찍 깨쳤다.

하지만 마음먹은 일들이 모두 뜻대로 풀리는 것이 아닌 것처럼, 나는 그렇게 가고 싶어 하던 법대에 가지 못했다. 성적이 좀 모자랐기 때문이다. 법대에 가고 싶던 마음을 접고 경제학으로 방향을 바꾸게 된 일은 현재로 이어지는 내 삶에 큰 전환점이 됐다.

초목의 푸르름이 짙어지고 코끝에 스치는 공기가 온화해짐을 느낄 무렵, 당초 계획과는 달라졌지만, 그럼에도 조금 불안함과 설렘이 교차하는 기분을 품기도 하면서 캠퍼스에 섞여 들었다. 나는 그렇게 경제학 공부를 시작했다. 대화 사이사이마다 웃음이 섞이는 것이 자연스러운 젊은 공간인 만큼 어쩌다 시작한 경제학도의 생활은 그런 대로 금세 적응했고, 시간도 빨리 흘러 갔다. 뜨거운 우정과 풋풋한 연애를 시작하던 날들 속에서 수업에도 점점 흥미가 붙어 갔다.

경제학은 재미있는 학문이었다. 법이 사회를 구성해 우리를 보호한다면, 경제 구조는 사회를 유지해 우리를 발전시킨다는 사실을 일깨워줬다. 또한 경제·경영의 주요 맥락마다 준법 경영이 자리하고 있는 만큼 경제 안에서도 법은 제법 큰 비중을 차지했으며, 학문적으로도 상통하는 부분이 많았다. 법학에 대한 열망의 불꽃이 경제학으로 옮겨 간 것은 관심의 영역이 바뀐 게 아니라 범위가 확장된 것이었다. 경제학에 흥미를 붙여 가면서도 법학에 대한 학구열은 더욱 샘솟았다.

지금까지도 내 안에 굳건히 자리한 '원칙제일주의'의 뿌리는 결국 처음과 이어져 있다고 생각한다. 어린 시절 품었던 꿈이 성장하는 동안 방향성을 바꾸기는 했지만 계속 내 삶에 영향을 주었다. 처음 가진 목표가 은연중에 삶 속에 녹아들어 나의 마음가짐에 영향을 미치고 내가 나아갈 길을 제시하는 듯했다. '졸업 후 무엇을 할까'를 늘 고민했지만, 대학에 다니는 4년간 나는 수업을 듣고 시험을 준비하며 경제학 과목의 공부에 전념했다.

그러던 어느 날 서울에서 지내던 하숙집에 편지 한 장이 도착했다. 어머니의 편지였다. 잘 지내고 있는지 안부를 물으시는, 익숙하고 단정한 어머니의 필체를 보며 잠시 그리움에 젖었다. 편지에는 필요한 것은 없는지, 언제 시간을 내어 고향에 들를 수 있을지 등을 묻는 내용이 적혀 있었다. 걱정스러움에 낯빛이 어두워졌을 어머니의 얼굴이 문득 떠올랐다. '한마디 안부를 보태어 적으시라'는 어머니의 말에 아버지가 괜히 손사래를 쳤다는 내용을 읽으면서는 '피식' 하고 웃음이 나왔다.

오랜만에 가족의 근황을 들으면서 '사람은 정말 상호작용을 필요로 하는 존재'라는 사실을 새삼 깨달았다. 가족의 울타리를 벗어나 사회에서의 관계를 착실히 쌓으며 살아가고 있음에도 잠시 떨어져 있던 가족의 이야기를 듣자 금세 애틋하고 그리운 감정이 몰아치는 것을 억누를 수 없었기 때문이다.

어머니는 편지의 마무리에서 나를 대견하다고 칭찬해 주셨다. 그 문장을 읽으며 문득 아버지가 종종 격려 차원에서 들려주시던 제자들의 이야기가 떠올랐다. 어려움 속에서 노력해 꿈을 피운 이야기들이다. 아버지의 격려는 진로를 찾아가는 과도기의 제자들이나 내게 큰 희망으로 전해지곤 했다. 나도 언젠가 누군가에게 꿈과 희망을 전하는 날이 올 수 있을지 모른다는 꿈을 그날 그려 보기도 했다.

그러고는 그 꿈을 구체화하기 위한 각오를 어머니에게 보내는 답장에 한 글자씩 힘줘 적었다. 당장 내 앞에 놓인 공부를 열심히 하겠다는, 그래서 자랑스러운 모습으로 어머니 앞에 서겠다는 약속을 어머니께 드렸다.

우리가 잠이 들어 꾸는 꿈은 매번 그 내용이 바뀐다. 그렇게 바뀌어서 꿈일지도 모른다. 우리가 미래에 바라는 꿈도 마찬가지다. 성장하면서 변화한 각자의 생활 조건과 환경의 영향으로 꿈도 바뀌게 마련이다. 어린 시절 꿈꾸던 일을 성인이 돼서 이룬 사람보다 그렇지 못한 사람이 많다. 그렇다고 해서 그들이 잘못 살아온 것은 절대 아니다. 삶은 원래 늘 변화한다.

중요한 것은 '변화하지 않는 꿈'이 아니라 어떤 둔이든 그 꿈을 이루려 노력하는 의지와 실천이다. 아울러 그 꿈을 통해 얻으려던 성취만 잃지 않으면 된다. 어린 시절 법을 공부해 모든 사람을 이롭게 하려면 내 꿈도 청년기에는 경제를 공부해 세상을 이롭게 하는 것으로 바뀌었다. 그 꿈이 바뀌었다고 해서 어린 시절 내가 꾼 꿈이 헛되거나 허무해진 것은 아니다. 바뀐 꿈으로 인해, 그동안 이끌어 온 내 삶의 가치가 떨어지는 것은 더더욱 아니다. '어떤 꿈'을 꾸느냐가 중요한 것이 아니라, '지금 꿈을 꾸고 있느냐'가 중요하다. 누구든 꿈을 꾸는 한 꿈이 향하는 방향으로 나아갈 수 있기 때문이다.

물론 꿈이 마법은 아니다. 꿈을 현실로 만들기 위한 행동이 필요하다. 기회와 운도 따라야 한다. 다만 꿈이 행동의 불씨가 되는 것은 분명한 사실이며, 꿈이 있어야 운도 따른다. 로또 1등 당첨의 꿈을 안고 로또를 사야 당첨의 기회가 생기듯이 말이다.

나는 후배들이 많은 꿈을 꾸기를 바란다. 한 걸음 더 나아가 그 꿈들을 기록하는 습관을 갖기 바란다. 기록이 쌓일수록 현실에 가까워지기 때문이다.

아무튼 새로운 꿈을 꾸거나 새로운 목표를 설정하는 데 '너무 늦은 나이'란 없다. 지금 꿈꾸는 것이, 당장 목표를 정하는 것이 무엇보다 중요하다.

상황이
마음을 만든다

내 삶의 진로에 결정적 영향을 준 것은 생각지도 못한 '군대에서의 경험'이었다. 나는 1학년을 마치고 휴학과 함께 입대를 했다. 강원도 홍천군 군수참모부에서의 군생활은 지금도 잊을 수 없는 강렬한 기억으로 남아 있다.

일명 '지옥훈련'이라는 것도 그중 하나다. 3박4일간 이어지는 225㎞의 유격 행군은 그야말로 '지옥'이라는 수식이 과장이 아니었다. 아침 산의 공기는 차가웠고 짊어진 장비는 시간이 지날수록 무게를 더해 피로감과 함께 전신을 압박했다. 첫 번째 휴식 지점에서 물과 간식을 나누며 서로를 독려하던 때까지는 그럭저럭 견딜 만했다.

하지만 행군은 해가 지고도 멈추지 않았다. 어둠 속에서 손전등의 불빛에 의지해 산길을 행군하는 데는 고도의 집중력을 동원해야 했다. 공복에다 피로에 지친 상태에서 의식을 잃지 않으려 바짝 신경 쓰며 보행에 집중해도 몸이 따라주지 않았다. 주위에서 비틀대다 돌부리에 걸려 넘어지는 부대원들이 한둘이 아니었다. 오르막과 내리막이 쉴 틈을 주지 않고 반복되는 구간에 접어들자 피로가 극에 달했다. 하지만 임시로 설치한 야영 텐트에서 새우잠으로 잠시 눈을 붙인 후 해가 뜨기 전에 다시 군장을 메고 행군을 시작했다. 그동안 쌓인 피로가 전혀 풀리지 않는 것은 당연했다.

말수는 적어지고 서로의 얼굴에서 지친 기색을 읽을 수 있었다. 옆에 선 동기는 중간 지점을 지나던 때부터 고개를 떨군 채 숨만 헉헉 몰아쉬었다. 그의 이마에 맺힌 땀이 턱을 따라 쉬지 않고 흘렀다. 내 모습 또한 그와 별반 다르지 않을 터였다. 그렇게 끝을 모르는 지옥 같은 행군을 이어가는데, 문득 멀찍이 목표 지점이 보였다. 아무리 힘든 일이라도 끝이 있음을 새삼 느끼는 순간이었다.

행군을 마치고 돌아오니 군화의 뒤축 가죽이 찢어져 있었다. 그만큼 힘든 행군이었다. 물집이 잡혔다 터지기를 반복해서 퉁퉁 부르튼 발을 서러운 마음으로 밤새 주무르며 나는 아이러니하게도 '지금이라면 어떤 일이든 다 해낼 수 있을 것 같다'는 생각을 했다. 그토록 고된 여정의 끝에 남은 상처가 내 한계를 시험하는 동시에 앞으로의 결심을 다지게 했다.

억지로 시켜서 한 일이지만, 고된 훈련을 낙오 없이 끝내고 돌아왔다는 사실에 스스로가 대견해졌다. 나도 모르게 자기애(自己愛)에 젖어들었다. 태산을 넘으면 평지를 본다고, 고생을 함께한 부대원들과의 전우애도 한결 깊어졌다. 이떠 만난 사람들과는 지금까지 연락을 이어가고 있다. 옷자락이 스쳐도 인연이라는 말이 있지만, 실제 인연은 즐거움이나 고통을 함께 나눌 때 쌓이는 법이다. 피 끓는 내 청춘의 전우들처럼 말이다.

'상황이 마음을 만든다'는 말이 있다. 나는 이 말을 경험으로 믿는다. 군생활 동안 '어떤 어려운 일에도 끝은 있다'는 것을 몸으로 배웠다. 혹독한 훈련이 이어졌지만 묵묵히 반복하니 전역의 날이 다가왔다. 그토록 힘든 군생활도 모두 마쳤으니, 이제 못 해낼 일이 없을 것 같았다. 어떤 어려움도 이겨낼 자신감이 피톨에 축적돼 혈관을 타고 내 몸 구석구석을 채웠다.

그렇게 충만한 자신감으로 학교에 돌아와서는 공부면 공부, 놀이면 놀이, 모든 것에 열심히 매달리며 젊음의 한때를 보냈다. 군대를 갔다 온 사람은 다 아는 사실로, '군인정신'은 쉽게 빠지지 않는다. 그러다가 졸업반이 됐을 때 돌발적으로 행정고시에 도전했다. 여기에도 약간의 '군인정신'이 배어 있었다. 취업 준비 겸해서 '고시에 떨어지면 어디든 회사에 들어가겠다'는 마음으로 내지른 행동이었다. 청춘의 나날이란 그렇게 돌발적이고, 꿈은 즉흥적인 면도 있는 법이다. 그렇게 내지른 행정고시 도전에 '덜컥' 성공했다. 그때가 1979년으로, 나는 제23 기수로 행정고시에 합격했다.

사실 기대하지 않은 합격이었다. 당시 나는 취업 준비의 일환으로 대기업 지원서를 여러 장 작성해 보냈다. 다른 학생들처럼 나 역시 졸업 후 전공을 살린 취업의 흐름에 발을 맞췄다. 그리고 지원한 회사 중 S사에 최종 합격해 신입사원 연수를 받던 참에 행정고시 합격 발표가 났다.

'어쩌다' 본 시험이기에 전혀 예상하지 못했지만, 의외로 높은 성적에 나 스스로가 놀랐다. 내가 다시 한번 대견스럽게 여겨지는 순간이기도 했다. 어쨌든 합격이라는 결과를 받아들었으니 망설일 필요가 없었다. 40년 경력의 금융관료 공직 생활의 첫발은 그렇게 시작됐다.

타인의 눈으로
나를 봐야 한다

첫 직장생활은 재무부(현 재정경제부) 국제금융국 외환정책과에서 시작했다. 업무의 특성상 기업들의 현지 금융과 외환관리를 담당하며 외국인들과 자주 소통해야 했다. 낯선 문화를 가진 이들과의 소통에 적응하는 것은 처음에는 여간 어려운 일이 아니었다. 하지만 이때의 기억이 지금까지도 마음 깊이 각인돼 있다. 다양한 관점에서의 소통을 경험했기 때문이다.

직장생활을 시작한 첫 해에 나는 국내 시장에 새롭게 진출하려는 외국 금융 기업과의 협상을 진행하게 됐다. 그 기업은 글로벌 시장에서 그런대로 명성이 있었고, 자체 금융 서비스를 갖추고 업적도 쌓은 곳이었다. 그들이 한국 금융 시장에 발을 들여놓기 위해 준비한 새로운 금융 서비스 정책은 기업의 풍부한 경험이 느껴지는 신선한 내용이었다.

하지만 나는 쉽게 협상을 매듭지을 수 없었다. 그들이 제시한 정책이 국내의 상황이나 문화와 너무 동떨어져 있다고 느꼈기 때문이다. 그들과의 협의문서를 꼼꼼히 검토하며 나는 그들의 요구를 국내 금융 규제에 어떻게 끼워 맞출 수 있을지 고민에 빠졌다.

한국에서 흔히 볼 수 없던 방식의 상품 구성은 그동안 국내 규정에 익숙해져 있던 내게 '참신하다'는 감상을 안겼다. 하지만 문제는 한국 문화가 이를 받아들일 수 있느냐는 점이었다. 해서 나는 기존의 국내 금융 규정을 기준으로 그들을 설득하려고 노력했다. 그러나 번번이 소통이 불발되고, 우리는 여러 차례 회의와 논의를 거듭했다.

시간이 지나면서 상대 기업이 제시하는 말을 좀 더 들으며 그들이 국내와는 다른 방식의 금융 정책과 시스템을 지니고 있다는 것을 깊이 실감했다. 그리고 문제를 나와 다른 각도에서 다른 관점으로 바라봐야 한다는 것을 알게 됐다.

우리는 대화를 통해 자국에 한정되지 않고 더 넓은 시야를 찾으려 했다. 그들이 제시한 상품은 국내에서 이전보다 고객에게 더 편리한 서비스를 제공할 가능성이 보였다. 그래서 한국의 금융 문화에서 그들의 아이디어를 어떻게 녹여 수용할 수 있을지 방안을 모색하기 시작했다.

우리는 많은 대화를 거쳤고 상대도 우리의 의견을 받아들여 합의점을 찾아 나갔다. 국내 기준과 상대의 요구 사이에서 우리는 균형을 잡았고 양측이 만족할 수 있는 절충안을 마련해 냈다. 개방적인 관점으로 상품을 바라보고 수용할 수 있는 시야를 기른 사례였다. 이 협상을 통해 그 기업은 한국에 진츨할 수 있게 됐고, 나는 다른 문화를 다양한 각도에서 보는 것의 중요함을 깨닫는 경험을 했다.

욕심을 갖고,
끈기를 잃지 마라

나는 늘 가능한 한 많이 배우려 애쓰는 편이다. 지금의 내가 있는 자리와 나라는 사람을 만드는 것의 원료가 나의 재능이나 행운만이 아니라고 믿는다. 들리는 모든 말을 경청하고 누구와 대화하든 배움을 얻고자 한다. '배우는 사람이 되겠다.' 이는 더 높은 곳을 목표로 삼겠다는 각오와도 같다. 시작은 '어쩌다'였을지라도 발돋움을 한 이상 어디든 내 자리에 확고하게 뿌리내리기를 원하고, 그렇게 되도록 힘쓴다.

또한 나는 늘 끈기와 욕심을 잃지 않으려 한다. 꿈꾸는 일 이상의 것을 거머쥐겠다는 의지를 품고 노력하는 것이다. 나는 닥치는 대로 경험하고 그것들에서 배우며, 모든 기회를 놓치지 않으려 신경 쓴다.

그런 내게 워싱턴D.C.에 있는 증권관리위원회(SEC) 파견 근무가 떨어졌다. 그건 기회였다. 아시아권의 공무원이 미국 증권관리위원회에서 근무할 기회를 잡는 것은 쉽지 않은 일이었다.

더군다나 단기 프로젝트나 교육 목적이 아닌 3년간의 장기 근무 형태를 가진 것은 내가 최초였다.

이 시절은 내 인생에 있어 '열정의 시기'라 불러도 손색이 없을 시간이었다. 내가 삶에서 진정으로 무언가에 몰두할 수 있다는 것을 발견한 시절이기 때문이다.

파견 근무에서의 공무원 조직은 좀 자유로운 편이었다. 필요한 추가 작업이라면 어쩔 수 없지만 상사의 눈치를 코며 반강제로 하는 야근은 존재하지 않았다. 그 덕에 나는 필요한 일을 근무 시간에 집중해 마무리하고 근무 외 시간은 휴식을 취했다. 아울러 엄격한 상하 위계질서에 얽매이기보다는 합리성 있게 업무를 처리할 수 있었다. 그런 만큼 업무 효율이 저절로 높아졌다. 사실 근무 시간 외의 불필요한 야근은 오히려 업무 효율을 떨어뜨린다. 또 엄격한 상하관계는 일 처리를 경직되게 만들고, 창의적 발상을 가로막는 장애 요소가 되곤 한다.

하지만 나는 3년간 해외 근무를 하면서 조금은 자유로운 환경 속에서 해외 고객을 대상으로 다양한 각도의 관점을 공유하는 경험을 했다. 이를 통해 '한 가지 규정에 얽매이기보다는 여러 관점에서 넓게 대상을 바라보는 개방적인 시야가 중요하다'는 것을 깨달았다. 또한 외국인들을 상대로 근무하면서 나는 그들의 경직되지 않은 문화에 녹아들었다. 의견을 말하는 것이 자연스러워졌고, 의견을 수용하는 것도 자연스러워졌다.

미국에서 업무 경험을 쌓아 가는 동안 나는 자유롭게 소통하는 능력을 자연스레 체득했다. 그리고 이 능력은 훗날까지 내게 중요한 가치로 자리 잡은 '소통 경영'의 초석이 돼 주었다.

한편 미국 증권관리위원회는 매년 5월 'SEC Speaks'를 개최해 한 해의 감독계획과 정책 방향을 기업인·변호사와 금융회사 등 정책 수요자들에게 직접 설명한다. 당시 나는 이 제도를 접하며 정책을 만드는 쪽과 이를 적용받는 현장 사이에 보다 체계적인 소통의 장이 필요하다고 느꼈다.

이에 금융감독원 수석부원장 재직 당시 SEC Speaks를 모델로 한 'FSS Speaks' 설명회를 직접 기획해 도입했다. 금융회사와 시장 참여자들에게 감독 당국의 정책 방향과 주요 이슈를 사전에 설명하고 질의응답을 통해 이해도를 높이기 위한 자리였다. 설명회에 대한 현장의 반응은 매우 긍정적이었고, 이후 제도는 정례 행사로 자리 잡아 지금까지 이어지고 있다.

법과 원칙을
굳건히 하라

파견 근무를 마치고 한국으로 돌아와 재정경제부 복지생활과장을 맡았다. 경제학을 전공한 금융 전문가가 이번에는 복지 분야로 발을 넓힌 것이다.

우선 나는 해외에서 가슴에 담아 함께 가져온 기억을 더듬으며 좋은 근무 환경과 생산성 있는 업무 시스템을 만들려 했다. 그러면서 주어진 일을 잘 처리하려고 정말 열심히 일했다. 여전히 배우기를 멈추지 않았고, 그 위에 나의 노하우를 하나씩 쌓아갔다. 1999년 기초생활보장법의 정책을 조정하는 실무에 참여해 나름의 '업적'을 남긴 것도 그런 노력의 결과다.

내가 복지생활과장을 맡던 당시 기초생활보장법이 새로 제정된 데 이어 '생산적 복지' 시스템이 만들어졌다. 처음 직무를 맡고 나는 당시 복지 전달체계의 모순점을 발견했다. 기존 복지법 구조대로 저소득층에 단순히 생계비를 지원하는 방식은 수혜자가 시스템에 의존하게 만들고 소득 격차를 더욱 확대하는 것밖에는 안 된다는 것이다. 따라서 기초생활을 지원하되 수혜자가 자립할 수 있는 환경을 만들 필요가 있다는 데 생각이 이르렀다. 이에 나는 구조를 변경하는 일부터 시작했다.

당시 우리 사회는 많은 분야에서 큰 변화를 겪었다. 특히 IMF 외환위기 이후 많은 금융 기업이 부실을 겪으면서, 한국 경제 전반의 금융 시스템이 가진 문제점이 수면 위로 떠올랐다. 또 금융 기업들은 그동안의 금융 손실을 보전하기 위해 복잡한 상품들을 대거 등장시켰다. 그렇게 갑자기 바뀐 환경 속에서 금융 소비자들은 복잡한 상품을 이해하지 못했고, 그로 인해 많은 손실을 입는 문제가 사회적으로 대두됐다.

이러한 배경 속에서 금융 당국은 '불안전 판매가 빈번한 불안정한 금융 시장에서 소비자를 보호하기 위한 정책이 필요하다'고 판단했다. 그리고 금융기관들의 책임을 강화하고 소비자들의 금융 이해를 돕기 위해 많은 고민을 했다. 그런 끝에 소비자 보호법이 만들어졌다. 금융 기업들이 금융 상품을 판매하는 데 있어 엄격한 기준이 세워졌고, 이를 위반할 때 이익금의 50%까지 보상하도록 책임이 강화됐기 때문에 금융 거래에 있어 상호 간의 신중함이 더해졌다. 금융 당국은 소비자의 권리를 보호함으로써 금융 시장의 신뢰를 회복하고자 했다.

그렇게 준엄한 규제가 제시한 '법과 원칙'은 금융 시장에 신뢰를 만들어 냈다. 법과 원칙 위에 서워진 사회 규범과 질서는 비록 강제성을 동반하더라도 약자를 보호하고 좀 더 나은 방향으로의 변화를 제시하기 마련이다. 그러기에 나는 평소 업무에 임할 때 엄격한 원칙을 기반으로 하려 애써 왔고, 그 안에서 얻은 성과에 보람을 느끼곤 했다.

일이 천금이면
가족은 천만금이다

내 아버지는 타인을 배려하고, 사회에 공헌하는 삶을 살라고 나를 가르치셨다. 그렇기에 젊은 시절 나는 공직을 천직으로 여겼다. 행정고시에 도전한 것도 그 때문이다. 그런 만큼 공직에 처음 발을 들여놓았을 때 나는 가슴 뿌듯했고, 자신감도 넘쳤다.

하지만 당시 한국의 공직사회는 내게 실망감을 안겨 주었다. 매일같이 야근은 당연했고, 근무일과 휴일의 구분이 거의 없다시피 했다. 밤늦게 귀가해 집에서 잠만 자고, 이른 아침에 다시 출근하는 날들이 반복됐다. 그러니 아직 어린 아이들과 시간을 보낼 수 없는 것이 당연했고, 좋은 아빠의 모습을 보여줄 기회조차 가질 수 없었다. 그렇게 소중한 시간이 흘러갔다.

그런 탓에 때때로 '나는 무엇을 위해서 일을 하는가?'라는 의문에 빠지곤 했다. 그러면서 일과 가정이 균형을 이뤄 병립할 수 있도록 하는 방향으로 일하려 애썼다. 나의 그러한 노력이 안정적인 가정을 만들어 행복을 가져다 줄 것이라고 믿었다. 하지만 업무의 피로로 인해 열정은 점점 사그라들고 회의감은 커져만 갔다. 변화가 절실했다.

변화를 이루려면 변화를 일으킬 작은 움직임이 먼저 있어야 한다. 거대한 태풍이 들이닥치기 전에 잔바람이 먼저 불듯이 말이다. 직장 내 분위기를 바꾸려면 직장 내 환경부터 바꿔야 하는 것도 비슷한 이치다. 그래서 나는 지금도 술자리에 가면 가장 먼저 넥타이를 느슨하게 푼다. 목을 죄는 넥타이는 마음을 닫게 하고 사람을 더 조급하게 만든다고 생각하는 까닭이다. 과장된 표현으로 들릴 수 있겠지만, 실제로 복장은 분명 마음에 영향을 미친다. 이처럼 별것 아닌 옷도 사람의 마음을 움직여 불편한 옷은 마음마저 닫게 만드는데, 편하지 않은 업무 환경은 두말할 필요도 없다. 절대로 능률을 100% 끌어낼 수 없다.

굳어진 관행과 모두가 불편한 허례허식으로는 진실된 공경과 예절을 이끌어 낼 수 없다. 마음에서 우러나야 공경도 생기고, 거기서 예절이 나온다. '공경'을 '업무 효율', '예절'을 '성과'로 치환하면 직장의 분위기가 어떠해야 하는지 금방 답이 나온다.

하지만 당시 나는 관행이 깊게 박힌 문화 속에서 답이 나오지 않는 회의에 질질 끌려다녔다. 부정적인 기분이 들어 문서창의 마우스 커서가 깜빡이는 것을 한참이나 멍하니 바라보고 있거나 피곤이 쌓인 몸을 끌고도 잠이 오지 않아 밤새 몸을 뒤척이기도 했다.

그때 마침 대기업에서 관료 출신 재무 담당을 찾는다는 연락이 왔다. 당장 달려가 면접을 봤다. 공직 생활의 비효율에 신물을 느껴 가던 무렵에 기업은 높은 월급을 제안했다. 쇠뿔도 단김에 빼라고, 기회가 왔을 때 움직이는 것이 좋은 결과로 이어지는 법이라는 생각이 들었다. 답답한 현재에 침울해져 있기보다 다른 출구를 찾는 것 또한 괜찮은 전략이 될 수 있다는 판단이 섰다. 그렇게 퇴직을 결심했다.

그러고 나서 며칠 후 아내와 밤 산책에 나섰다. 한 시간 정도 집 주변의 밤거리를 거닐었다. 하루 동안 서로가 모르는 시간을 교환하는 대화는 바쁜 일과로 조급해진 마음에 작은 휴식을 준다. 해서 나는 가끔 아내와 밤 산책에 나서곤 했다.

하지만 그 무렵에는 도통 시간을 내지 못했는데, 예정돼 있던 일정 하나가 취소되면서 오랜만에 함께 산책길에 나섰다. 조용한 밤거리에서 익숙한 아내의 목소리가 나긋하게 들리니 무거운 감정은 누그러지고 화 때문에 불같던 마음도 미지근하게 식었다. 그런 기분으로 둘이 목적지 없이 보폭을 좁혀 걸으며 익숙한 이야기를 나눴다. 아이들에 대한 이야기와 최근 뉴스 화제에 관한 이야기들이었다.

바쁜 업무는 본의 아니게 가족에게도 많은 부담을 안겨 주었다. 휴일의 개념이 사라진다는 것은 가족과 함께 지낼 시간이 사라진다는 의미다. 아이들이 어린 시기에 아버지로서 많은 시간을 곁에 있지 못한 것이 늘 다음에 걸리곤 했다.

그런 까닭에 이직 얘기는 쉽게 나왔다. 더욱이 이미 결정을 내린 것이나 다름없던 터라 하루에 있던 일들을 털어놓듯이 담 담하게 말을 꺼냈다. '이직하려는 기업에서 월급도 많이 준다더 라' '여기서 나가 거기로 가는 편이 더 전망도 있을 거다' 하는 식으로 운을 떼는 내 말을 잠자코 듣던 아내가 입을 열었다.

"고시까지 합격했으면 국장은 해 봐야지!"

그날은 소탈한 성격의 아내로서 드물게도 크게 화를 낸 날이 었다. 가끔씩 내 쪽으로 고개를 기울이며 조용조용 말하던 아내 가 얼굴을 획 돌리며 버럭 화가 난 목소리로 나를 다그쳤다. 아 내의 목소리에는 실망과 걱정이 섞여 있었다.

처음엔 당황해서 얼굴이 붉어졌다. 우리는 가까이에 있는 벤 치에 앉아 대화를 나누기로 했다. 나란히 앉은 아내는 그동안 우 리가 함께 노력해 온 것들에 대해 이야기했다. 몸이 떨어져 지냈 던 시간이나 한집에 사는 사람들처럼 느껴지지 않을 만큼 얼굴 보기 힘들던 날들. 내 스트레스를 헤아리고 가족의 형태를 유지 하려 애썼던 아내의 시간들을 우리는 가만히 돌아봤다. 아내는 그 시간들이 가져올 우리의 미래를 생각하며, 우리가 많은 욕구 를 참아왔다는 것을 떠올리도록 했다.

"근데 그걸 이렇게 포기하려고?"

그날 집으로 돌아와 나는 밤새도록 이런 생각 저런 생각과 씨 름하다가 일찍 잠에서 깼다. 아내의 말대로 우리가 여태껏 보내 온 시간들을 곱씹었다. 무엇이 옳은 판단일지를 오랫동안 생각 했다.

'출구 전략'은 없던 일이 됐다. 나는 사표를 마음에서 찢었다. 그러고는 아내와 약속했던 국장을 넘어 차관보급까지 한 후 마침내 수출입은행장이 됐다. 그러는 사이 기업으로 옮기는 것을 후회한 적이 없다면 그것은 거짓이다. 여러 번 있었다. 하지만 내 욕심 못지않게 중요한 것이 가족으 바람이기에 그때마다 내 욕심을 버렸다.

나는 지금도 일에 쫓겨서 가족과 보내는 시간을 뺏기지 않으려 노력한다. 아무리 급하고 바빠도 서류를 집까지 들고 오지 않으며, 주말에는 가급적 출장을 잡지 않는다. 우리의 삶에서 일과 가정이 양립하는 것은 쉬운 일이 아니다. 하지만 나는 균형 잡힌 행동이 가치 있다고 생각하기에 여태껏 일과 가정 두 마리 토끼를 다 잡으려 애쓰고 있다. 이는 가족 구성원의 일원으로서 당연히 가져야 할 책임의식이라고 생각한다.

일이 천금의 가치가 있다면 가족은 그보다 만 배는 더 소중하다. 그리고 가족을 실망시키지 않는 사람은 직장에서도 제 역할을 제대로 할 것이라고 나는 믿는다.

원칙에도
융통성은 있다

배우는 자세를 고수하는 동안 나는 일에 대한 다양한 경험을 쌓았다. 이는 곧 조직의 관리 분석기술, 당면 문제에 대한 지적 능력, 능동적 자세, 미래지향적 투자 안목 등의 기술을 배우는 과정이었다. 돌발 상황에 대처하는 요령도 갖가지 경험을 통해 배웠다. 특히 돌발 상황은 같은 형태로 반복되는 일이 거의 없는데, 그 각각의 상황은 그때마다 다른 '가르침'을 주었고, 그 덕에 나는 일을 처리하는 '기술'을 익힐 수 있었다. 이러한 '경험적 기술'을 전략적인 감각으로 얼마나 잘 활용하느냐가 길에서의 성패를 좌우한다.

내가 경험을 통해 배운 기술 중 하나는 '불확실성을 상대로 하는 일에서는 늘 위험에 노출돼 있다는 긴장을 가지고 있어야 한다'는 것이다. 예를 들어 금융 시장은 어떤 현상의 전염효과나 집단행동이 뚜렷한 시장이다. 이런 곳에서는 아무리 숙련된 전문가라고 할지라도 늘 일어나는 모든 변수에 대응하기가 쉽지 않다. 나 또한 그랬다.

금융 시장뿐 아니라 일반 사무실, 건설 현장, 심지어 자영업자의 가게 등 대개의 일터에서는 돌발 상황을 완벽하게 피할 수 없다. 따라서 누가 무슨 일을 하든 그 일을 할 때는 약간의 긴장감을 가질 필요가 있다. 긴장감이 있어야 돌발 상황에 대처하기 쉽기 때문이다. 물론 지나친 긴장감은 일을 대하는 자신감을 떨어뜨리고, 일의 속도를 저하시킬 우려가 있다. 그러기에 '약간'의 긴장감이 중요하다.

또 내가 경험을 통해 배운 다른 기술은 '원칙만으로는 해결할 수 없는 일이 많다'는 것이다. 특히 돌발 상황은 대개 원칙만으로는 해결의 실마리를 찾을 수 없다. 원칙이 통하지 않는 것이 바로 돌발 상황이다.

이 때문에 나는 숱한 경험 속에서 어떤 문제에는 나의 원칙을 밀어붙이고, 어떤 문제는 타협할 것인가 하는 기준을 끊임없이 만들어 왔다. '원칙에도 융통성은 있다.' 이는 책으로는 절대 배울 수 없는, 현장에서 몸으로 부딪쳐야 얻을 수 있는 기술이요 지식이다.

'똑똑한 모험'을
즐겨라

옛날도 그랬고, 지금도 여전히 나는 '원칙 중심'의 경영을 강조한다. 하지만 그렇다고 해서 모험을 무조건 피하지는 않는다. 현장의 경험을 통해 '모험으로 얻는 대가가 절대 적지 않다'는 사실을 알았기 때문이다. 아울러 작은 실패들을 통해 모험을 하는 요령도 꽤 익혔다. 그래서 나는 나름 '안전한 모험'을 즐긴다. 상반된 개념의 조합으로 보이는 이 말은 '리스크를 최소화하면서도 새로운 기회를 모색하는 전략을 채택한다'는 소리다. 달리 말하면 '똑똑한 모험'일 수 있다.

나는 어려움에 맞닥뜨렸을 때 피하는 대신 넘어서는 길을 찾는다. 우선 최선의 해결책을 면밀히 검토한 후 그것으로 머릿속에서 시뮬레이션을 돌려보고 충분히 계산이 됐다고 생각하면 기꺼이 모험에 뛰어든다.

사실 인류 역사를 돌이켜 보면 모든 발전은 모험을 통해 이루어졌다. 신대륙을 찾아나선 것도 모험이었고, 하늘을 나는 일에 도전한 것도 모험이었다. 다만 그 모험들은 막무가내로 이뤄지지는 않았다. 지구가 둥글다는 과학적 지식을 토대로 하고, 새가 하늘을 나는 원리를 터득한 후에 실천에 옮겨졌다. 우리가 직장에서 하는 모험도 마찬가지다. 위험에 대해 충분히 대비했다면 모험을 피할 이유는 없다.

내가 한 일 중에서 '똑똑한 도전'의 대표적 사례 하나를 꼽으라고 하면 '현대투신증권 매각'을 들 수 있다. 나는 금융감독위원회에 재직하던 때 당시 부실기업이 된 현대투신증권과 현대투신운용의 매각 작업을 담당했다. 본래 금융감독위원회의 주된 업무는 금융기관에 대한 정책과 시장 관리이기에 매각 업무는 통상 시장에서 자율적으로 이루어지는 것이 원칙이다. 따라서 금융감독위원회에서 직접 부실기업을 매각하는 것은 매우 이례적인 일이었다.

나는 당시 금융감독위원회의 증권감독과장으로서 이 안건을 맡았다. 그 무렵은 시장 혼란이 극심하던 때였다. 현대그룹의 무리한 사업 확장에 따른 내부 경영 실패와 당시 금융 시장의 불안정이 겹쳐 상황은 더욱 악화됐다.

현대그룹의 재정적 어려움은 기업이 자체적으로 해결할 수 없는 수준에 이르렀고, 결국 현대그룹은 금융감독위원회에 현대투신증권 매각을 요청해 왔다. 금융 시장의 리스크를 관리하고 시장을 안정화하는 것이 금융감독위원회의 역할이었기에 금융감독위원회에 매각을 요청한 것은 합당한 선택이었다. 금융감독위원회 내부에서도 '떨어진 투자자들의 신뢰를 회복하기 위해서는 공적 기관의 개입이 필요하다'고 의견이 모아졌다.

내가 협상 대표로 나서기 전에 AIG와의 매각 협상이 한 차례 결렬된 적이 있어 나는 더욱 큰 책임 의식을 갖고 실무에 참여했다. 내가 참여한 시점에 이 사례에서 가장 고려할 것은 시장의 변동과 기업의 가치였다. 갈수록 부실이 커지고 기업의 가치가 떨어지는 시국에서 어디까지 상대의 매각 요구 조건을 받아들여야 하는가가 협상 체결의 열쇠였다.

정부가 협상을 그만두는 대신 가격 조정을 선택한 마당에 매각 가격을 높여 우리 측 지분을 확대하는 일은 쉬운 게 아니었다. 하지만 나는 우리 측 제안이 충분히 합리성을 가지고 있다고 확신했고, 협상 테이블에서 그 결론을 증명해 내고자 했다.

결론적으로 우리의 협상은 성공했다. 상대가 협상 제안을 받아들이지 않고 무리한 요구를 해 왔을 때 나는 나의 확신과 완고함으로 밀어붙였다. 협상 과정에서 나는 내 판단을 굳게 믿었고, 협상이 결렬될 뻔한 상황에서는 새로운 대안을 모색하는 일을 끊임없이 이어 나갔다. 이를 위해 많은 자료를 조사하고, 모르는 것에 대해 공부하며 논리를 만들어 갔다. 남을 설득하기 위해서는 남보다 내가 많이 알아야 한다는 것을 누구보다 잘 알고 있기 때문이다.

이런 과정을 통해 완고한 원칙을 세우고 단호한 결단을 내리면서도 끊임없이 소통해 마침내 목표를 달성했다. '현대투신증권 매각'은 분명 금융감독위원회로서는 모험적인 일이었다. 하지만 준비가 충분하고 열정이 있다면 모험도 해 볼만 하다는 사실을 보여준 사례이기도 하다.

나를 믿고,
상대를 배려하는 것이 협상의 기술

2003년 9월, 나는 미국 뉴욕으로 향했다. 당시는 현대투신증권 매각이 끝나갈 무렵이었다. 하지만 넘어야 할 고비는 여전히 남아 있었다. 나는 협상 테이블을 사이에 두고 내 제안을 들은 푸르덴셜의 협상 대표가 내놓을 반응을 여러 가지로 예측하며 대응책들을 궁리했다.

당시 가장 골머리를 썩인 것은 푸르덴셜 측의 가격 인하 요구로 협상 내용이 일관성을 잃어가고 있는 점이었다. 정부의 공적 자금을 투입해 실시하는 협상인 이상 매수 후보자를 채택하는 일은 심사 과정부터 투명함과 신중함을 기해 왔다. 성공적인 타협을 이루어 국내 금융 시장의 불안을 완화하는 계획을 그려 가던 중 가격조건의 불일치로 기약 없이 협상이 미뤄지는 것은 난제 중의 난제였다.

뉴욕의 낯선 땅에서 우리 협상단은 미리 여러 차례의 대책회의를 열었다. 이미 수없이 논의됐던 기업 가치와 미래 전망 등

상대를 설득하기 위한 협의 자료를 검토하고 또 검토했다.

푸르덴셜과의 매각 협상은 초기엔 순조롭게 흘러갔다. 하지만 불확실성을 상대하는 일이 긿은 금융 시장에서 변수는 늘 있기 마련이다. 국내 금융 시장에 SK글로벌 사태와 카드채 사태라는 금융 악재가 연달아 불어닥쳤다. 이로 인해 현대투신증권에 누적된 부실 수치가 푸르덴셜이 헐값에 가까운 수준으로 가격을 낮추자고 요구하는 구실이 됐다.

테이블을 사이에 두고 마주 앉아 한 시간에 걸쳐 열심히 설명했으나 막상 돌아오는 상대의 대답은 "노"였다. 전력을 다한 설명의 전후 결과가 변함이 없다는 사실은 마음을 무척이나 허탈하게 만들었다.

마치 굴뚝처럼 높이 쌓였던 의욕이 사라지며, 논리적인 생각을 바탕으로 끓어오르던 열정이 식어 가는 기분이었다. 협상은 겉으론 예의바르고 부드러운 분위기 속에서 진행됐지만 푸르덴셜 측의 표정은 시간이 지날수록 굳어 갔다.

나는 그들의 의도를 파악하려 애썼다. 그들이 이번 협상에서 가장 두려워하는 것은 무엇일까?

'푸르덴셜 측이 바라는 것은 최대한 낮은 가격으로 매각을 성사시키는 것이다. 그러나 이 과정에서 시간이 지연되며 협상 비용과 기회 손실이 커질 것이라는 점이 그들에게도 큰 부담일 것이다.'

그렇다. 협상의 첫 걸음은 상대의 약점을 파악하는 일이다. 그것을 파고들어야 했다.

"이 제안은 현실적으로 불가능합니다."

긴 문장으로 꼼꼼하게 짚은 내 설명에 대한 답변으로 사무적인 투의 영어가 귀에 꽂혔다. 그리고 그 말은 협상 전체의 흐름을 얼어붙게 만들었다.

그때 마주 앉은 상대의 정장 소매에 진청색 커프스단추가 달려 있는 것이 눈에 들어왔다. 낱장으로 쌓인 서류를 한 장 한 장 넘길 때마다 깔끔하게 다린 소매 위로 단추가 흔들렸다. 지지부진한 협상 진도와 흔들리는 커프스단추가 묘하게 더울렸다. 흔들리는 단추를 보고 있자니 슬그머니 피로도 몰려왔다. 그런데 그 순간 상대의 얼굴에서 미세한 표정 변화가 일었다.

고집스럽게 처음의 요구 조건을 밀어붙이던 상대의 말끝이 흐려지는 것도 느낄 수 있었다. 자꾸만 정장의 소매에 매달린 단추를 만지는 행동도 부자연스러웠다. 그들도 이 협상을 빨리 끝내야 한다는 압박을 받고 있다는 것을 직감적으로 느낄 수 있었다.

그러기에 우리 협상단도 주장을 굽히지 않았다. 그렇게 서로의 조건을 내세우며 양보 없이 몇 시간에 걸친 대화가 이어졌다. 나는 물 한 모금도 입에 대지 않았지만 갈증을 느끼지 못했다. 입보다 마음이 더 말라붙었기 때문인지 모른다.

협상이 반복됐지만 양측 모두 만족할 수 있는 합의점을 찾지 못하고 대립이 계속됐다. 수용할 수 없는 내용이 반복되는 탓에 우리는 본부에 즉각적인 보고도 할 수 없었다. 그럼에도 나는 나의 실망감을 철저히 감췄다. 협상에서 또 하나 중요한 것은 '자신감 있는 자세'이기 때문이다.

의견이 대립하는 상황에서 나의 언변이나 설득력만큼 중요한 것은 상대의 약점을 파악하는 일이다. 발언 하나가 가진 무게감이 큰 협상 테이블에서는 내가 발언의 주도권을 잡아야 강한 협상력을 가질 수 있다. 그럴 때 긴요하게 쓸 수 있는 것이 상대의 약점이다. 그러기에 나는 단호히 결단을 내렸다.

"이 협상은 이대로 끝내야겠습니다."

나는 흔들림 없는 목소리로 말했다. 예상치 못한 나의 강수에 상대 측 협상단은 놀란 기색을 보였다. 내 발언에 상대방의 눈빛에서 잠시 당황해하는 기운이 스쳐갔다.

"오늘 협상은 결론을 내리지 못했습니다. 다시 일정을 조율해 논의하기로 합시다."

푸르덴셜 측의 협상 대표는 잠시 망설이는 듯하더니 이윽고 고개를 끄덕였다. 우리는 추후 협상 재개를 약속하며 자리를 마무리했다. 돌아가는 길에 나는 우리 측 협상단을 돌아보며 밝은 목소리로 "수고했다"며 어깨를 다독였다.

그날 저녁 고생한 협상단과 함께 푸짐한 저녁 식사를 즐겼다. 아직 결론이 나지 않은 상황이었기에 협상의 긴장이 풀린 것은 아니었다. 하지만 음식과 웃음 속에서 잠시나마 긴 싸움의 피로를 잊으려 했다. 좋은 술을 나누고 오랜만에 즐거운 분위기가 무르익었다. 협상단도 마음이 누그러졌는지 농담을 하고 화를 내기도 했다. 한 구석에서는 앞으로의 방향에 대해 저가다 의견을 주고받는 모습도 눈에 들어왔다. 나는 이 순간의 여유가 다음 협상에서 우리가 다시 주도권을 잡을 수 있는 원동력이 될 것이라고 믿었다.

예상대로 앞선 협상 결렬이 새로운 기회를 만들어 주었다. 서울로 돌아온 우리는 협상 재개를 위해 수차례 회의와 토론을 거듭하며 새로운 접근 방식을 고민했다. 그동안 준비한 논리와 자료들을 머릿속에서 되풀이하며 곱씹었다.

서울 여의도의 금융감독위원회 회의실에서 우리는 다시 푸르덴셜 측과 마주했다. 나는 보다 유연한 접근으로 실질적인 해결책을 찾고자 노력했다.

"우리의 공통 목표는 각자의 타협점을 찾아 원만하게 매각을 성사시키는 것입니다."

협상의 첫머리에서 나는 상대 측을 보며 말했다. 푸르덴셜의 협상 대표는 내 말에 동의하며 우리는 좋은 분위기 속에서 악수를 나눴다. 협상이 재개되고 양측은 세부적인 논의를 이어갔다.

앞선 뉴욕에서의 협상 결렬이 푸르덴셜 측으로서는 예상치 못한 돌발 상황이었는지 상대 측은 이전보다는 우호적인 태도를 보여줬다. 다양한 추가 대안이 제시되며 푸르덴셜의 협상단도 우리 측의 요구를 상당 부분 수용하는 자세를 취했다. 지속적으로 제기돼 온 우려가 점차 해소돼 가는 모습이 그려졌다. 전문가들의 조언을 얻으며 협상은 해결의 실마리를 찾아갔다.

오래 이어진 대화를 마치고 마침내 양측이 최종 합의에 다다랐다. 협의를 통해 도출한 결론은 초기 헐값 요구와 비교해 상호 이익을 최대화한 방안이었다. 우리 측의 권리가 분명하게 확보된 결정안이었다.

협상이란 '상호 이해를 바탕으로 공동의 합의점을 찾아가는 과정'이다. 첫 번째 협상이 결렬됐을 때 지지부진한 전개에도 불구하고 나는 기가 꺾이지 않았다. 앉은 자리에서 최적의 결론을 끌어낼 수는 없다고 생각했다. 협상은 계약서에 도장을 찍을 때까지 모두가 과정일 뿐이다.

좋은 협상의 성공 여부는 설득력에 달려 있다. 상호 이익을 추구하며 합의점을 찾기 위해서는 상대의 입장을 잘 이해하고 있어야 한다. 뉴욕 협상에서 나는 상대방의 발언에서 쟁점을 파악하고, 한국에 돌아와 해결책을 찾아 실행에 옮겼다. 결과적으로 그러한 행동 덕에 우리는 합의점에 도달할 수 있었다.

협상 과정에서 핵심을 명확히 파악하고 비전을 제시하며 팀을 이끄는 것은 리더의 중요한 역량이다. 그리고 협상의 리더십은 상호 이익을 보전하면서도 일관된 목표를 향해 대화를 이끌어 가는 것이다. 쌍방의 목적을 정확하게 이해하고 리더십을 발휘해 기회를 포착하는 것이 협상의 성공 열쇠임을 나는 '현대투신증권 매각'을 통해 다시 한번 확인했다.

시한폭탄을 해체하는 심정으로
마주한 KIKO 사태

2010년, 금융감독원 제재심의위원회 위원장을 맡게 된 나는 키코(KIKO: Knock-In Knock-Out) 사태와 직접 대면했다. 키코 사태는 2008년 글로벌 금융위기 때 환율 급등으로 환헤지 통화옵션 KIKO에 가입한 중소기업들이 막대한 손실을 본 사건이다.

내가 심의 재개를 위해 나섰을 때는 사태 발발로부터 1년 이상이 지난 무렵이었다. 해결되지 않은 채 시간만 흘러 민·형사상 소송이 100건 넘게 걸려 있는 그야말로 시한폭탄 같은 상태였다. 손해를 입은 기업과 개인을 넘어 정부와 언론까지 금융감독원의 결정에 이목을 집중했다.

당시의 한국 금융업계는 은행과 기업 간 불신의 골이 깊었다. IMF 외환위기 이후 환율이 변동하던 추세에 편승해 국내 은행에서는 수출기업들을 상대로 다양한 환율 변동에 대응하는 상품을 판매했다. 그런 금융 시장 환경 변화에 맞춰 2007년부터 금융기관은 환율 변동 리스크를 관리하기 위해 고안된 금융 상품 KIKO를 판매했다.

환율이 안정적으로 유지될 것이라는 초기 전망과 달리 이후 미국발 금융위기의 여파로 급하락한 환율 탓에 기업들이 막대한 손실을 본 것이 KIKO 사태의 시발점이 됐다. 그리고 이 반향으로 판매 은행에 대해 기업들이 대규모 손해배상소송을 제기한 것이 도화선이 됐다.

그 무렵 어느 날 해가 저물어 가기 직전, 나는 여전히 책상 앞에 앉아 KIKO 사태의 여러 세부 사항을 검토하고 있었다. 책상 위에는 KIKO 계약으로 고통받고 있는 수많은 기업의 이름이 적힌 보고서가 놓여 있었다. 모니터에는 금융기관과 기업에 관련된 자료를 화면 가득 띄워 놓았다. 오랫동안 쌍방의 해결점을 찾지 못한 사건이라면 으레 쌓인 자료의 양이 많은 법이다. 등을 쭉 펴고 사건 파일을 꼼꼼히 읽어 내려갔다. 눈길이 닿는 곳곳에 승인을 요구하는 안건들이 줄줄이 차례를 기다리고 있었다.

전날 나는 대책 협의를 위한 회의를 한 차례 진행했다. 직사각형의 회의용 테이블에 위원들과 마주 앉았을 때 나는 심의를 재개하겠다는 입장을 먼저 전했다. 사건이 개인 기업의 문제를 넘어 금융 시장 안전에 대한 신뢰에 영향을 줄 만큼 중대성이 크다고 봤다. 초기 대응에 따른 금융감독원의 공적 책임도 고려해서 하루빨리 금융 시장의 불안을 최소화해야 했다.

회의실의 분위기는 신중함과 우려로 무겁게 가라앉았다. 법적 리스크를 염두에 둔 반대 의견도 나왔지만, 나는 피해를 본 이들이 납득할 수 있는 설명과 조치를 마련해야 한다는 책임을 느꼈다. 그래서 심의를 재개하는 것이 공정한 해결을 위한 필수적 과정임을 강조했다. 일부 참석자들은 이해한다는 듯 고개를 끄덕였다. 이윽고 우려가 완전히 해소되지 않은 가운데 회의가 마무리됐고, 심의를 재개하는 것으로 결론이 났다. 형평성을 지키기 위해 우리는 모두 더없이 신중할 필요가 있었다.

위원들이 돌아간 후 책상 위에 뒤집어 올려둔 핸드폰의 전화벨이 울려 화면에 뜬 이름을 확인하니 내일 만날 모 중소기업 대표의 전화였다. 나는 조사를 위해 가장 먼저 피해 기업과의 대면 일정을 잡아놓은 터였다. 심의를 위해 조사를 진행하는 과정에서는 여론을 배제한 시각을 갖는 일이 중요하며, 그런 시각으로 판단해야 문제점을 정확히 파악하고 해결책을 찾을 수 있다. 그래서 나는 우선 관계자들을 만나 그들의 의견을 직접 들어보려 했다. 그렇게 잡힌 일정을 전화로 재확인한 나는 책상 위에 어지럽게 쌓인 서류들을 정리해 한곳에 모았다.

KIKO 시태로 재정적 피해를 입은 당사자를 설득하기는 쉬운 일이 아니었다. 예상치 못한 막대한 손실 끝에 파산한 기업도 적지 않았으며, 일부는 정부 기관의 대면 요청을 거부하기도 했다. 금융 시장에 대한 신뢰가 무너진 것이 정부에 대한 불신으로 이어진 듯했다. 이에 더해 오랜 시간 끌어오면서 피로감도 많이 쌓여 있을 터였다. 사람들을 대면하는 자리에서도 사태의 심각성이 눈에 보일 정도였다. 하지만 나는 끈기 있게 사건 당사자들과의 접촉을 지속했다.

그런 과정 속에서 모 중소기업 대표와 만났다. 커피향이 가득한 그의 회의실에서 그 대표는 두꺼운 철제 파일을 내게 넘겨주었다. 부족한 내용은 메일로 추가로 받기로 하고 그에게 명함을 건넸다. 그러고는 사건의 자세한 내막을 질문했다. 회의실의 온도가 높은 것인지, 대화에 열이 오른 탓인지 대화 도중 이마에 땀이 맺혔다. 대화를 나누는 동안 테이블 위에 놓인 우리잔의 내용물은 거의 줄어들지 않았다.

우리는 약속된 시간의 미팅을 마친 후에도 조금 더 이야기를 나눴다. 대표는 사무실 밖 계단 앞까지 나와 나를 배웅했다. 나는 대표에게 "제공받은 자료가 조사에 큰 도움이 될 것"이라고 말했다. 조사 결과에 따라 필요한 최선의 조치를 취하겠다고 다짐하며 악수를 나눴다.

변하지 않는 것이
원칙이다

어떤 사건이나 사고를 대하면서 중립적인 시각을 유지하기 위해서는 외부 목소리에 흔들리지 않는 일관된 태도와 변하지 않는 항상심(恒常心)을 가지고 있어야 한다. 여론이 어느 쪽으로 기울어져 있든 그것이 실제 판결에 영향을 미쳐서는 안 된다. 사건이나 사고의 인과를 투명하게 밝혀 손해를 입은 사람의 억울함을 덜어주고 적확한 조치를 취하는 것이 형평성을 지키는 유일한 길이다.

통상 사건·사고에 대한 조사를 할 때는 발로 뛰는 것이 필수적이다. 나 역시 KIKO와 관련한 객관적인 현장 정보를 모으기 위해 시민단체 등이 참여하는 공청회와 토론회를 거쳐 양측의 의견을 적극적으로 수렴했다. 토론회를 통해 해당 상품으로 피해를 본 개인들과 직접 자리를 함께하기도 했다.

당시 미팅을 끝내면 금융감독원 내부 회의를 진행하는 것이 일과였다. 그러다 보니 시간이 흐를수록 늘어난 서류더미와 각종 자료들이 책상 위를 메웠다. 하지만 회의 참석자들의 얼굴은 날로 어두운 기색이 짙어졌다. 의견이 팽팽하게 대립해 좀처럼 결론이 나지 않으면서 피로가 누적된 때문일 터였다. 일부 금융기관 관계자들은 금융감독원의 심의 재개에 우려를 표하기도 했다.

법적 리스크와 신뢰도에 대한 우려 속에서 나는 공정한 판결과 우리의 공적 책임을 주장했다. 그리고 사실관계를 철저히 따져 원칙에 입각한 판단을 내렸다. 원칙은 누구나 따르기로 약속한 규율로서 공정성을 기반으로 한다. 원칙은 약자와 강자를 구분하지 않고 공정하고 일관적으로 적용돼야 하며, 사사롭지 않아야 한다. 또한 원칙은 현실과 타협하지 않으며 예외를 두지 않아야 한다.

최종심의 자리에서 나는 그러한 원칙에 기댄 논리를 폈다. 회의는 늦은 시간까지 이어졌고, 자리를 지킨 인원들은 모두 심각한 얼굴로 각기 자료들을 검토했다. 그 끝에 모든 위원이 동의해 내린 결론은 '금융기관에 대한 제재'와 '일부 피해 기업에 대한 보상금 지급'이었다.

징계의 수위는 사건의 규모에 따라 달라지지 않는다. KIKO가 위험성을 안은 파생 상품이라고 할지언정 KIKO 상품 자체가 불법 판매 상품은 아니었기 때문에 금융기관에 강력한 제재를 가하기보다는 의무를 다하지 않은 일부 은행에 대해서만 조치했다. 상품을 사고파는 것에 양측이 합의했다면 문제될 것은 없으나 판매 측에서 의도를 가지고 설명을 누락했다면 제재의 대상이 된다고 봤다.

신문과 방송에서 KIKO 사태의 해결 방안을 보도하고, 이후 여론은 다양한 방면으로 나타났다. 금융기관과 피해 기업, 언론과 대중은 저마다의 목소리로 결정을 옹호하거나 혹은 비판했다. 일각에서는 판결 내용을 두고 솜방망이 처벌이라며 더욱 강한 징계를 요구했다.

하지만 징계에 관한 내용은 법적 절차와 공정한 심의를 거쳐 이루어졌음을 분명하게 설명했다. 과한 제재는 오히려 금융 시장 전체에 불안정성을 가져올 위험도 있다. 어디까지나 예외 없는 원칙을 적용해 최선의 결정을 내린 것이라고 분명하게 말했다.

지금 돌이켜봤을 때도 KIKO 사태는 내가 중립성을 잃지 않고 원칙을 지키며 금융 당국의 일원으로서 소임을 다했던 사례라고 자부한다. 핵심은 공적 책임과 공정함을 기준으로 외부 개입에 휘둘리지 않는 자세를 견지했다는 점이다. 일관된 원칙주의 전략의 견고함을 입증한 사례인 것이다.

원칙은 어떤 상황에서도 예외 없이 적용돼야 한다. 그런 원칙이어야 신뢰를 얻을 수 있고, 신뢰를 기반으로 해야 다음으로 나아갈 수 있는 동력을 얻는다. 규모가 큰 사건을 마주했을 때 내가 끝까지 침착함을 유지하며 사태를 정확하게 파악할 수 있었던 것도, 바로 원칙에 대한 확고한 믿음 덕분이었다.

다만 내가 누누이 얘기하는 원칙은 외부에서 강제되는 것이 아니다. 각자가 자기 내면에서 스스로 세운 기준이다. 즉 원칙은 내면의 가이드라인이다. 이러한 원칙을 만드는 일, 즉 흔들리지 않는 가치를 세우는 일은 직장생활에서는 물론이고 인생을 살아가는 데도 매우 중요하다. 그것이 저마다의 생각을 옳은 방향으로, 삶을 바르게 이끌어 주기 때문이다.

다만 일의 원칙과 삶의 원칙이 같을 필요는 없다. 아니, 같을 수가 없다. 쉬운 예로, 일의 원칙에서는 감정이 빠질수록 좋지만, 삶의 원칙에서는 감정이 더해지면 좋은 경우가 더 많다. 일의 원칙에서는 일부러라도 냉정하려 애써야 하지만, 삶의 원칙에서는 수시로 냉정할 때와 그렇지 않을 때를 반복하는 변덕이 더 필요하다. 그래서 나는 '나의 원칙'과 '일의 원칙'으로 구분해 실천하고 있다.

원칙을 세우고 원칙을 적용하는 데 있어 중요한 것은 '나의 원칙'이든 '일의 원칙'이든 그 기준이 쉬 흔들려서는 안 된다는 점이다. 또한 예외는 적을수록 좋다. 특히 '일의 원칙'에서는 아예 예외를 인정하지 않는 자세가 필요하다.

살아오면서 깊이 깨달은 것 중 하나가 '일의 효율은 자신에 대한 믿음과 긍정에서 나온다'는 것이다. 그런데 많은 사람이 자기 결정에 확신을 갖지 못하는 경우를 많이 본다. 그 이유는 간단하다. 확고한 자기 원칙이 없기 때문이다. 원칙 없이 내린 결정이니 당연히 확신도 가질 수 없는 것이다.

시시각각 변화하는 사회에서 우리는 매 순간 올바른 선택을 요구받는다. 일상의 사소한 결정부터 중대한 책임에 따르는 결정까지, 우리의 삶은 크고 작은 선택으로 가득하다. 이런 순간에 원칙은 가장 강력한 도구가 돼 올바른 선택을 가능하게 해준다. 나 역시 원칙을 따라 행동했을 때 무엇보다 내 자신에게 충실했다는 만족함을 느끼곤 한다.

자기 원칙을 세운다는 것은 단순히 신념을 마음속에 품는 일과는 다르다. 그것은 실제 상황에서 흔들리지 않을 기준을 스스로 만들어 내는 과정이다. 그 과정에서 가장 먼저 해야 할 일은 자신이 어떤 상황에서도 양보하지 않을 핵심 가치를 명확히 하는 것이다. '정직' '책임' '공정함'처럼 추상적인 단어라도 좋다. 다만 그 가치가 실제 행동으로 옮겨질 수 있을 만큼 구체적이어야 한다.

또 어떤 중요한 결정을 내릴 때는 '이 선택이 내 원칙과 일치하는가'를 스스로에게 묻는 습관을 들일 필요가 있다. 이러한 자기 점검을 반복하다 보면 원칙은 추상적인 구호가 아니라 실제 행동의 기준으로 자리 잡게 된다.

그런데 원칙을 지키다 보면 때로는 단기적인 손해를 감수해야 하는 경우가 생긴다. 하지만 이때도 원칙을 고수해야 한다. 결국은 그것이 장기적인 신뢰를 쌓는 가장 확실한 길이기 때문이다. 그럼에도 불구하고 부득이 원칙을 어길 수밖에 없는 예외적인 상황이 생겼다면, 그 이유를 명확히 기록해 두는 것이

좋다. 이는 자기 합리화를 막고 원칙을 더욱 단단히 다듬는 계기
가 된다.

마지막으로 원칙은 한 번 세우면 끝나는 것이 아니다. 삶의
단계가 바뀌고 역할이 달라지면 환경도 변하기 마련이다. 그때
마다 원칙을 점검하고 갱신해야 한다. 다만 시대가 변해도 본질
은 지켜야 한다. 표현은 유연하게 바뀌더라도, 그 속에 흐르는
중심 가치는 변하지 않아야 한다.

우리를 울리는 것이
우리를 웃게 한다

소설 <변신>은 실존주의 소설의 대표작으로 불리는 동시에 프란츠 카프카의 소설 중 가장 널리 알려진 작품이다. 평소와 다름없는 어느 날 잠에서 깨어나니 자신이 벌레로 변해 있던 '그레고르 잠자'라는 남자와 그를 받아들여야 하는 가족들을 둘러싼 이야기다. 소설의 첫 문장은 이렇게 시작한다.

"어느 날 아침, 악몽에서 깨어난 그레고르 잠자는 자신이 흉측한 벌레 한 마리로 변해 침대에 누워 있다는 사실을 알게 됐다."

그가 자신의 외적 변화를 깨달은 건 그저 '눈을 뜨고-알게 됐다'의 과정이 전부다. 소설에서도 전개되듯이 벌레로 변해 버린 몸으로는 일을 할 수도 사람과 대면할 수도 없다. 더불어 가족과 정상적인 관계를 지속할 수도 없어 그는 극심한 고독에 빠진다.

이 무서운 연쇄는 징조도 예고도 없이 갑자기 일어났다. 그리스 신화에서 제우스에게 받은 상자를 열어버린 판도라는 온갖 재앙을 마주하게 되는 과정 앞에 '금기인 상자를 열었다'는 그의 행동이 있었다. 하지만 인과 없는 재앙은 예상할 수 없기에 무엇보다 큰 두려움을 동반한다.

비극은 갑자기 들이닥칠 때 가장 두려운 법이다. 어떤 대책도 대응도 마련되지 않은 상황에서 마른하늘에 날벼락이 떨어지듯 날아든 위기 앞에 인간은 대개 속수무책일 수밖에 없다. '무엇을 잘못한 걸까' '어디서부터 잘못된 걸까'를 아무리 되짚어봐도 답이 나오지 않는 그런 느닷없는 상황들을 누군가는 운명이라고 부른다. 그리고 우리의 삶에서 일어나는 많은 비극은 이렇게 잠에서 깨어난 어느 날 갑자기 찾아오곤 한다.

현대를 살아가는 우리는 지금 너무나도 큰 격동의 시대를 통과하는 중이다. 직종이나 직위에 상관없이 시간의 물살은 하루가 다르게 변하고 있다. 매일같이 변화를 맞이하는 사회에서 우리는 자신의 정체성을 유지하고 존재 의미를 찾으려 애쓴다. 하지만 그게 쉬운 일은 아니다.

기술의 진보, 사회의 변화, 개인의 상황에 이르기까지 변화는 무수한 패턴으로 우리를 당황하게 만들고 위기에 처하게도 한다. 이런 돌발적인 재앙은 우리를 무력감에 빠트린다. 하지만 삶이 한순간 변하고 위기가 닥쳤을 때 그 비극적 상황을 일단 받아들이는 것이 현명한 판단이다. 비극을 인정해야 비극에서 벗어날 수 있는 방법을 찾을 수 있기 때문이다. 비극 자체를 인정하지 않고 외면한다고 해서 이미 닥친 비극이 사라지지는 않는다. 언제나 그의 주변에 머물러 있을 뿐이다.

인간의 위대함은 어떤 고통 속에서도 스스로 가치를 부여하고 의미를 만들어 갈 능력을 지녔다는 데 있다. 판도라가 상자를 열어 모든 재앙이 세상에 퍼진 후에도 상자 안에는 희망이 남아 있었다. '행복은 불행이 없는 상태가 아니라 불행을 극복한 상태다'라는 말도 있다. 실제로 불행을 행복으로 바꿀 방법을 생각하고 이를 행동으로 옮길 수 있는 유일한 존재가 인간이다.

비극이 된 삶에서 우리는 크게 두 가지 선택지 앞에 놓이게된다. 내게 들이닥친 위기를 받아들이고 삶을 지속하느냐, 아니면 이를 거부하고 좌절하느냐이다. 삶을 이어가는 것은 현재를 지속하는 자세다. 변화에 맞서 자신의 목표를 추구해 나가는 힘이 바로 지속이다. 위기를 겪으면 누구나 처음에는 혼란에 빠지고 두려움을 느끼지만 그 속에서도 결코 멈추지 않을 때 진정한성장을 이룰 수 있다.

한 가지 더 말해 두고 싶은 것은 현재를 지속하는 가운데 시대의 변화에 맞춰 우리도 변화해야 한다는 것이다. 삶의 변화가피할 수 없는 과정이라면 그 속에서 어떻게 대응할지, 어떤 가치를 발견할지, 무엇을 선택할지를 자문하고 이를 하나하나 실행에 옮겨야 한다.

삶은 더러는 돌발적이고 가끔은 비극적이다. 하지만 다행인

점은 우리에게 선택의 자유와 권리가 있다는 것이다. 이를 인지하는 것은 우리 자신을 변화시키고 발전시켜 나가는 동력이 된다. 변신을 맞이하는 것은 곧 새로운 가능성을 여는 과정이기도 하다.

내가 가끔 되뇌는 경구 하나가 있다. '우리를 눈물짓지 않게 하는 것은 우리에게 웃음도 가져다 줄 수 없다'는 말이다. 비극의 끄트머리에는 희망이 자리하고 있고, 우리는 비극적인 상황에서 대부분 끄트머리까지 간다. 거기서 딱 한 걸음만 더 가면 된다. 그러면 비극 끝, 행복 시작이다.

2

삶을
긍정하는 용기

법을 따르되
법의 노예는 되지 마라

법은 우리의 삶을 이끌며 안전한 길로 안내하는 최소한의 기준점으로 작용한다. 특히 많은 사람을 이끌고 유지하는 경영자라면 기업가의 정신을 판단하는 자기만의 견고한 기준이 필요하다. 내 시점에서는 그것이 '법'이었다.

그러나 나는 사람의 시각을 '온전하게 믿을 수 있는 영역'이라고 생각하지 않는다. 몇 년 전엔가 포털에서 화제가 됐던 한 '드레스 사진'이 있다. 한 장의 사진을 두고 파란색과 검은색의 조합으로 이루어진 드레스라고 말하는 의견과 금색과 흰색의 조합이라고 말하는 의견이 대립하는 사진이었다.

이 사진은 빛의 방향에 따라 뇌가 주변의 색을 받아들이는 과정에서 일어나는 착시라고 밝혀졌다. '본다'는 감각은 이렇듯 객관적이지 못하다. 단순히 눈으로 보는 것에 한정하지 않더라도 우리는 상황을 볼 때 감정과 사정, 경험치 등에 좌우된다. 가장 객관적인 판단이라고 믿는 와중에 뇌는 이익을 그려한 관점에서 상황을 해석하고, 시각은 한 방향으로 치우칠 수 있다는 것이다.

어느 관점에서 보는가에 따라 같은 상황이 합리적으로 받아들여지는 것도, 부당하게 이해되는 것도 가능하다. 법도 마찬가지다. 법을 만든 취지를 생각하면, 법은 개인의 사정을 고려해가며 모든 시각에서 평등하게 상황을 바라보고 판단을 내려야 한다. 하지만 모든 관점의 객관성을 지키며 합리성을 따져 모두에게 공정한 판단을 하는 것은 분명 어려운 일이다. 아니, 아예 불가능하다. 하나의 이익을 놓고 다투는 상황에서 한쪽에 공정하다면 다른 쪽에는 불공정한 것이 법이다.

따라서 법은 사회의 안전과 질서를 유지하기 위한 기본 기준을 제공하지만, 모든 상황에서 완벽한 해결책을 제시하지는 못한다. 내가 마주했던 생명보험사(이하 '생보사') 상장 문제도 법과 규정의 모호성이 문제의 해결을 어렵게 했던 대표적 사례였다.

관점의 줄타기에서 명확한 판단을 내리지 못해 18년간 대립을 지속했던 것이 생보사 상장 문제였다. 내가 금융감독위원회 감독정책2국장을 맡아 이 문제를 맞닥뜨렸을 때, 대립은 이미 골이 깊어져 있었다. 나는 '적격 요건을 갖춘 기업의 상장 문제가 긴 시간 해결되지 않는 것은 접근 방식부터 잘못돼 있을 가능성이 크다'고 보았다.

생보사 상장 논란은 1980년대 말부터 줄곧 논쟁의 대상이었다. 계약자 이익 환원을 주장하는 시민단체의 목소리는 거세 졌고 보험사들은 경영 자율성을 내세웠다. 감독당국은 양측의 주장을 들으며 명확한 입장을 내지 못한 채 세월만 흘렀다.

나는 부임 직후부터 이 문제를 회피할 수 없다는 걸 직감 했다. 어느 쪽으로 결론을 내려도 비판을 피하기 어렵다고도 판 단했다. 그러나 그렇다고 방치할 수는 없었다. 장기 미제 사안을 정리하지 못하면 금융당국의 신뢰 자체가 흔들릴 수 있었다.

감독정책2국장으로 부임한 후 모든 관련 자료를 검토하며 사 태의 핵심을 파악하는 데 집중했다. 원인은 간단하고 명확하다 는 사실을 금방 알 수 있었다. 핵심은 상장 차익에 대한 계약자 몫 논란이었다.

기업이 상장하려면 주식은 회사의 자본으로 구성돼야 한다. 그러나 생보사 자산 대부분은 계약자의 보험료로 이루어져 있 었다. 시민단체는 이 점을 근거로 생보사가 상호회사의 성격이 강하다고 주장했다. 그러나 고객의 자산 기여와 고객의 권리 주 장은 별개의 문제이며, 계약자의 권리는 법적 근거와 실제 사례 를 통해 해결해야 할 문제였다.

그 무렵 언론은 매일같이 상장 논란을 다뤘다. '계약자 몫 논 쟁 10년째 제자리'라는 제목이 지면을 채웠고, 국회에서도 질의 가 이어졌다. 기자들은 회의장 앞에서 관계자들의 표정을 살폈 고, 나는 매번 같은 질문을 들었다.

"감독당국은 왜 결정을 미루는가."

그 질문은 내게 단순한 비판이 아니라 책임의 무게로 다가왔다.

이 지지부진한 논란을 끝내기 위해서는 모호한 규정을 명확히 해야 했다. 특히 상장 규정 제35조의 "이익배분 등과 관련하여 주식회사로서의 속성이 인정될 것"이라는 조항이 해석의 여지를 남겨 감독당국 내부에서도 의견이 분분했다. 나는 이 조항의 실질적 의미를 명확히 하기 위해 법적 검토와 국제 비교를 병행했다. 해외의 상장 생보사 사례를 분석한 결과, 계약자의 이익은 배당을 통해 충분히 보장받고 있으며, 상장은 자본 확충과 경영 투명성 제고로 이어진다는 점이 확인됐다.

원인이 드러난 이상 이제는 행동에 나설 차례였다. 해결의 동력은 강압이 아닌 이해와 설득에 있다고 믿었다. 2006년 1월 26일 정례 브리핑에서 생보사 상장 자문위원회 설치를 공식 발표하며 논의를 공개적으로 제기했다. 이후 나는 곧바로 상장 규정 개정안을 마련하기 위한 구체적인 실무 작업에 착수했다. 투명성을 확보하기 위해 자문위원회는 각 분야의 중립적인 인사들로 구성되었고, 정부는 개입하지 않는다는 방침을 세웠다.

우리는 전국 곳곳을 다니며 공청회와 학술 세미나를 열었고, 50여 차례의 회의를 거치며 주요 쟁점 사항을 세밀하게 검토했다.

그러나 회의 때마다 쟁점은 돌고 돌아 늘 제자리였다. 한쪽에서는 계약자 이익을 들었고, 다른 쪽에서는 기업 자본주의의 기본 원리를 말했다. 그 둘 사이에서 균형을 잡는 일이야말로 감독 당국의 숙명이었다. 때로는 회의가 감정적으로 흐르기도 했다. 발언이 격해질 때마다 나는 회의를 중단하고 원점에서 다시 논리를 세웠다. 내부 회의에서도 의견은 갈렸다. 정치적 부담이 크기에 지금은 시기상조라는 우려와 계속해서 미루면 문제는 더 커질 것이라는 판단이 충돌했다.

하지만 회의가 50회를 넘기자 처음엔 평행선을 달리던 주장의 간극이 조금씩 좁혀졌다. 서로의 근거를 인정하기 시작했고, 논쟁은 이해로 변했다. 나는 그때 '합의란 단지 양보의 결과가 아니라 오랜 시간의 논리적 설득 위에 세워지는 것 임을 절실히 느꼈다.

여기에 더해 나는 설득력을 높이기 위해 세계적 계리법인 틸링하스트에 계약자 배당의 적정성 검증을 의뢰했다. 틸링하스트가 국제 통계분석 모형으로 분석한 결과 생보사가 계약자들에게 국제기준상 적정한 수준의 배당을 실시했음이 실증적으로 증명됐다.

이러한 지난한 과정을 거쳐 마침내 자문위원회는 '생보사는 주식회사이며, 따라서 계약자 몫은 없다'는 결론을 내릴 수 있었다. 설득과 논리를 통한 철저한 사전 정지 작업 덕분에, 18년 동안 해결되지 않던 생보사 상장 문제를 매듭짓고 금융 시장의 오랜 숙제를 풀었다는 사실에 큰 보람을 느꼈다.

법은 사회의 안전과 질서를 유지하기 위한 기준을 제공하며,

우리의 삶에 중요한 방향성을 저시해 준다. 그러나 법이 모든 상황에서 완벽한 해결책을 제공하지는 않는다. 세상에 완전한 법은 없다. 따라서 법적 규정이 모호하거나 다양한 이해관계자가 얽힌 복잡한 상황에서는 법의 지침만으로는 충분한 해결을 기대하기 어렵다. 이러한 때는 새로운 방법을 모색해야 한다.

특히 경영자는 이러한 법적 한계를 인식하고 법이 제공하는 기준을 넘어 스스로의 판단과 결단력을 발휘해야 한다. 복잡한 사안에서 경영자는 자신의 철학과 경험을 바탕으로 적절한 결정을 내려야 한다. 법은 중요한 기준을 제공하지만 법의 부족함을 보완해 상황에 맞는 결단을 내리는 것은 경영자의 몫이다.

생보사 문제를 해결해 가는 과정에서 나는 제도의 진화란 단순히 법을 바꾸는 것이 아니라, 서로 다른 이해를 조정해 사회적 합의를 도출하는 일이라는 점을 다시금 느꼈다. 법은 완전하지 않지만 명확한 근거와 투명한 절차, 그리고 책임 있는 결단이 더해질 때 현실의 문제를 해결할 수 있다. 그것이 당시 내가 얻은 가장 큰 교훈이었다.

고정관념을 버려야
새로운 길이 열린다

많은 이들이 나를 '원칙주의자'라고 말한다. 그것은 내가 듣기 좋아하는 말이다. '원칙'의 사전적 정의는 이렇다.

"어떤 행동이나 이론 따위에서 일관되게 지켜야 하는 기본적인 규칙이나 법칙."

이 말대로라면 원칙주의자는 '규칙을 일관되게 지키는 사람' 또는 '매뉴얼대로만 움직이는 고리타분한 사람' 정도의 의미를 지닐 듯하다.

하지만 내가 추구하는 '원칙주의자'적 삶은 단순히 사전의 의미에 매달리는 것이 아니다. '일관됨'과 '규칙과 법칙'을 준용하지만, '지금'과 '현실'에 사로잡히지 않고 '미래'와 '발전'을 향하는 것이 내가 '발견'해 낸 원칙이다. 그래서 나는 남들보다 더 '안전한 모험'을 즐긴다. 이는 금융감독인, 나아가 기업을 이끄는 리더로서 가져야 할 안목이라고 생각한다.

금융·자본 시장에서 신뢰를 쌓고 이해관계에서 형평성을 지키기 위해서는 법과 규칙이 가진 중립적 시각을 유지하는 것이 절대 필요하다. 하지만 지나치기 법과 규칙에 매몰돼 있으면, 얼핏 일은 편할지 모르지만, 종종 해결할 수 없는 문제가 발생할 수 있다. 당연히 발전도 없다.

생보사 문제 해결 과정에서도 그랬듯이, 내가 일을 함에 있어 법과 규칙만 지키는 선에서 적당히 타협을 선택하는 대신 리스크의 부담을 안고 곤란한 상황에 직면하겠다고 결단을 내린 것도 그 때문이다. 모든 것이 숨 가쁘게 변화하는 현대사회에서, 지금의 법과 규칙은 공동의 이익을 우해서 발전적으로 재해석돼야 함이 마땅하다는 것이 나의 원칙이다.

그러한 원칙 속에서 나는 남들이 두모하다고 말하는 일에서 오히려 공정함을 보았다. 그리고 공정한 길이라는 것을 안 이후에는 할 일이 하나뿐이었다. 가치 있다고 생각하는 일에 모든 전략을 쏟아붓는 것이었다. 망설이며 머뭇거리다가는 큰 성취를 이루지 못할 게 뻔했기 때문이다.

생보사 상장 문제 또한 전통적인 접근에 따라 문제를 해결하려 했다면 좋은 결과를 만들지 못했을 것이다. 현재의 규정을 어떻게 해석하고 만족시킬지를 고민하고 내부에서 권고안을 마련해 개선하려 했다면 이미 18년간 끌어온 결론 도출 실패의 과정을 한 차례 더 반복했을지 모른다.

나는 문제를 해결하려 할 때 다음과 같은 세 가지 원칙을 적용한다.

①거꾸로 생각하기: 문제보다는 목표와 비전을 중심으로 문제를 해결한다.

②합리적 의혹을 넘어서기: 태도의 변화는 논리와 팩트, 가정을 검증하는 것에서 비롯된다.

③행동에 개입하기: 사람을 움직이는 것은 말이 아니라 행동이다.

해결점을 찾지 못하고 지연되는 문제는 처음부터 접근이 잘못돼 있을 가능성이 높다. 해서 나는 '생보사 상장 문제가 오랜 대립을 지속한 것은 무엇 때문인가' 하고, 그 원인에 초점을 맞춰 거꾸로 해답을 찾아갔다.

'대립하는 양측이 아니라 규정 자체가 문제라면?' '만일 규정이 모호하다면 이를 명확히 하고 개정해야 상장 요건을 충족시킬 수 있는 명확한 기준을 제시할 수 있지 않을까?' '그렇다면 진짜 생보사 상장을 가로막고 있는 것은 무엇인가?' 등을 스스로에게 묻고 결국 '생보사 상장 문제를 해결하기 위해서는 유가증권시장 상장 규정을 개정해야 한다'는 결론을 도출할 수 있었다.

이처럼 풀리지 않는 문제에서는 간혹 고정관념을 버리는 일이 해결의 실마리를 만들어 줄 때가 많다. 내가 새로운 시각으로 접근해 남들이 무모하다고 여길 제안을 낼 수 있던 것도 관점을 달리했기 때문에 가능했다. '유가증권시장 상장 규정을 명확하게 바꾼다'는 아이디어는 당시 허무맹랑하다는 반응을 듣기도 했지만, 결국 생보사 상장의 길을 열어주는 열쇠가 됐다. 때로는 고정관념을 버리면 새로운 길이 열린다.

전통에 변화를 입히면
나아갈 길이 넓어진다

전통은 과거와의 유대를 낳고 후대와의 공감대를 쌓는다. 역사를 가진 민족에게는 선대로부터 전승돼 온 지혜와 문화가 새겨진 전통이 생기기 마련이다. 일에서도 마찬가지다. 회사들이 구체적으로 세워 놓은 업무 지침들은 대개 앞선 과정에서 업무를 수행하다 빚은 시행착오들이 쌓인 결과물이다. 이는 회사의 또 다른 실패를 막아주는 큰 자산이다.

언젠가 출장지에서 만난 한 사업가가 저녁식사 테이블에서 한 시간이 넘게 자신의 회사가 가진 전통에 대해 내게 설명했다. 그는 혈혈단신의 몸으로 창업한 후 사업을 확장해 가는 동안 단 한순간도 초창기의 창업 이념을 잊지 않아 왔다고 했다. 경영주가 된 이후에도 후계자들에게 정신적 이념을 계승하도록 교육을 거듭한다는 말도 덧붙였다.

사업체를 독창적인 이름을 내건 브랜드로 만들기 위해 전통의식을 갖는 것은 바람직하다. 하지만 현대 들어서는 전통과 변화 사이의 줄타기가 필요할 때도 있다.

변화를 두려워하는 사람은 틈편을 감수하고 익숙한 것을 받아들인다. 새로운 방식에 빠르게 적응하는 것이 일을 더 쉽게 만들어 준다는 사실을 알면서도 말이다. 효율의 중요성을 알지만 새로운 것에 적응하는 데 두려움을 느낀 탓이다.

하지만 경영주라면 그래서는 곤란하다. 물론 전통을 고수할 수도 있다. 다만 그것이 변화의 두려움 때문이어서는 안 된다. 전통을 고수할 것인지, 아니면 위험을 감수하고 변화를 시도할 것인지는 지속적으로 변화하는 시대와 업계의 새로운 문화를 고려해 판단해야 한다. 이것이 경영자의 역할이다. 익숙함에 안주하며 변화를 피하는 자세가 미래에 어떤 영향을 미칠지 심사숙고해야 한다. 이것이 경영주가 풀어야 할 숙제다.

2011년 국내 모든 상장기업이 국제회계기준(IFRS)에 따른 재무제표 작성이 의무화됐다. 금융업계에도 새로운 바람을 불러일으킬 변화가 시작된 것이다. 기존의 회계기준에서 새로 통용되는 회계기준을 적용하는 것은 일단 원칙의 변화를 의미하지만, 더 깊이 탐구하자면 전통과 변화의 통합을 추구하는 과정이라고 할 수 있다. 국제회계기준은 회계의 전통적인 안정성을 유지하면서 글로벌 경제가 요구하는 새로운 기준에 부응하는, '전통과 변화의 상호 보완적 작용'을 가진 기법이다.

사람들은 대개 새로운 방식을 겁낸다. 변화를 이용하는 방법을 모르기 때문이다. 하지만 변화는 기존의 것을 부정하지 않는다. 기존의 것에 약간의 새로움을 더할 뿐이다. 따라서 변화를 이용하는 방법도 그리 어렵지 않다.

반면 익숙함은 일의 숙련도를 높여 주지만 때로는 독이 될 수 있다. 특히 빠르게 변화하는 업계에서 기존의 방식에 매몰되는 것은 흐름을 놓쳐 뒤처지는 결과를 만들 수 있다.

나는 변화에 익숙해지고 이를 활용할 줄 알아야 한다고 생각한다. 한 예로, 국제회계기준은 전통성을 기준으로 돌아가던 업계에 혼란을 주었으나, 점차 국내 기업이 글로벌 시장에 진출할 기반이 돼 주었다. 이처럼 변화에 빠르게 적응해 환경에 맞게 잘 활용할 수 있게 됐을 때 나아갈 길은 넓어진다.

변화는
발전의 동력이다

2007년 봄기운이 번져 가던 어느 날, 한국 금융의 중심지인 서울 여의도 금융감독원 본관에서는 국제회계기준을 도입하기 위한 회의가 진행되고 있었다. 나는 금융감독위원회 증선위원으로서 국제회계기준 로드맵 정책 조정자의 역할을 맡아 회의에 참석했다. 경력 있는 회계사들과 금융 전문가들이 여러 세부 사항을 계획하는 데 몰두하며 긴 테이블에 마주 앉았다. 테이블 위에는 관련 문서와 도면이 어지럽게 흩어져 있었다.

회의실의 공기는 차분하기보다 긴장감이 감돌아 조금 무거운 느낌이 들 정도였다. 정사각형 구조의 회의실은 액자 한 점 걸리지 않은 깨끗한 흰색 벽으로 둘러싸여 있었고, 전면에는 유리창을 통해 여의도공원 교차로의 전경이 내다보였다, 나는 한쪽에 놓인 서류를 들여다보며 잠시 생각에 잠겼다.

그때 나로부터 대각선 방향에 앉아 있던 한 분석가가 헛기침으로 발언의 운을 뗐다.

"국제회계기준을 지금 도입하면 기업들이 혼란을 겪을 수 있습니다."

조심스러운 목소리의 발언자 이마 한가운데에 주름이 깊이 파이는 것이 보였다. 그는 손에 쥔 볼펜으로 서류 모서리를 두어 번 두드리고는 말을 이어갔다. 보수적인 한국의 금융 시장과 전통적인 국내 회계기준이 맞이하게 될 변화가 너무 크다는 내용이었다. 그는 기업들이 이런 변화에 쉽게 적응하지 못해 난관을 겪을 위험이 크다고 주장하기도 했다.

국제회계기준이 한국의 회계기준과 다른 점은 원칙 중심이라는 것이다. 원칙에 기반한다는 것은 모든 상황을 일일이 규정하기보다 기업이 상황에 맞게 회계처리를 할 수 있도록 유연성을 준다는 의미다. 물론 이 유연성은 신뢰와 투명성을 바탕으로 한다.

일관성 있고 예측 가능한 기존의 규칙 중심 기준과 구분되는 점이 이것이다. 이에 분석가는 상황에 따른 대처가 요구되기 때문에 업무 방식에 큰 변화를 가져올 것이며, 적응하는 데 시간이 필요하다고 지적했다.

분석가의 발언은 충분히 가능성 있는 지적이었다. 전통으로 자리 잡을 만큼 오래 지속된 방식을 단번에 바꾸기는 쉬운 일이 아니다. 하지만 변화에 대한 내 생각은 달랐다. 손해를 감수하고 새로운 길을 만드는 것에는 그만큼의 보상이 있기 때문이다. 나는 발언한 분석가를 바라보며 입을 열었다.

"한국회계기준은 우리 경제와 기업 환경에 잘 맞춰져 있지만 글로벌 경제 시장에 그 기준을 적용하기에는 한계가 있습니다. 국제화를 염두에 둔다면 통일된 회계기준을 도입하는 것이 반드시 필요합니다."

회의실의 시선들이 내 쪽으로 향했다. 잠시 정적에 빠진 회의실에서 이윽고 무언가를 적는 듯한 사각대는 소리가 들렸다.

회계기준을 변경하는 일은 단순히 방식을 바꾼다는 것을 넘어서는 의미를 지닌다. 전통을 벗고 새로운 변화를 받아들이는 것이며, 이전까지 익숙하게 사용해 온 회계기준을 버리고 아예 새로운 기준을 배우고 적응해야 한다.

모바일 뱅킹과 온라인 금융 서비스가 확대된 지금도 여전히 은행 지점을 방문해 직접 거래를 선호하는 고객이 있다. 효율을 떠나 익숙함과 직접 대면하면서 얻는 상호작용의 편리함을 고집하는 것이다. 이처럼 효율적인 방식이 새로 도입돼도 불편을 감수하고 전통을 고수하는 사람들이 남아 있다. 변화를 꺼리기 때문이다.

"변화는 어렵습니다."

나는 목소리에 조금 더 힘을 주어 말했다. 회의실에 다시 정적이 깔렸다.

"하지만 이 변화를 통해 기존 방식 이상의 신뢰와 투명성을 얻어 더 큰 무대로 우리 경제의 영역을 넓힐 수 있다면 우리는 과감히 변화를 받아들여야 합니다. 더 넓은 세계와의 소통을 위해서는 우리도 뒤처지지 않는 경쟁력을 가져야지요."

통일된 회계기준에 따라 기업의 재무 상태를 국제적으로 일관되게 보고하는 것만으로도 외국 투자자들에게 더 정확한 정보를 제공할 수 있다. 이는 곧 우리 기업의 신뢰를 높이는 것에 연결되며, 장기적인 관점에서 많은 투자를 유치하는 데 도움이 될 것이다. 또한 국제회계기준은 원칙을 중심으로 한다. 일관성을 유지하되 기업과 실무자가 유연하게 상황에 따른 재무 상태를 더 실질적으로 투명하게 보고하는 게 가능하다.

나는 회의실을 한 번 둘러보고는 다시 입을 열었다.

"변화에 저항이 따르는 것은 우리 모두가 이미 예상한 바입니다. 그리고 그 대책으로 우리는 수많은 검토와 다비를 세웠습니다. 지금 단계에서 결단을 미루는 것은 오히려 기업들에 혼란을 가져올 뿐입니다. 본격적인 성장 단계에 들어서기 위해서는 이제 결단을 내려야 할 때입니다."

내 계획은 단순하고 명확했다. 다행히도 참석자들은 내 의견과 계획에 동의하는 듯 고개를 끄덕이며 지지를 보내 주었다.

회의실 전면의 유리창 너머로 교차로에 바쁘게 움직이는 사람들의 모습이 보였다. 신호가 바뀌고 달리던 차들이 멈춰 서자 사람들이 일제히 횡단보도를 건너기 시작했다. 신호가 바뀌고 차와 사람들이 교차하는 모습이 우리가 앉아 있는 여의도 회의실 같다는 생각이 들었다. 이곳에서 이제 한국경제의 새 기준이 제시될 것이고, 전통과 변화가 교차할 것이라는 생각이….

회의가 마무리되고 참석자들은 자리에서 일어섰다. 각자의 자리로 돌아가 로드맵을 만들기 위한 본격적인 준비에 착수키로 했다. 우리는 계획의 실행 단계에서 필요한 것이 무엇인지를 잘 알고 있었다.

변화 속에
기회가 깃들어 있다

예상대로 변화의 첫머리에는 저항이 따랐다. 국제회계기준 도입의 로드맵이 수립되며 본격적인 도입을 준비하는 단계에서 일부 중소기업과 대기업들로부터의 건의가 빗발쳤다. 언론에서도 부정적인 예측을 확신하는 듯한 기사를 연신 보도했다.

어떤 정책을 실행하기에 앞서 이를 준비하는 사람들은 대부분 잘 되길 바라는 마음을 갖지만, 이를 바라보는 사람들 중에는 마음속 불안을 떨쳐 내지 못하는 이들도 있다는 것을 나는 잘 알고 있다. 선택의 여지 없이 지금까지 당연시해 왔던 생활이 돌연 바뀌어 버리는 데 대한 두려움 때문이다. 그리고 실제로도 변화의 앞이 어떨지는 누구도 확신할 수 없었다. 더 좋은 발전을 가져와 경제 활성화의 발판이 돼 줄지, 그게 아니면 시스템의 혼선과 자금 부담을 가져올지 확답할 수는 없는 일이었다.

그런 심적 부담을 조금이나마 덜고자 관련인들을 불러 회의 자리를 만들었다. 회의를 앞두고 나는 준비해 둔 서류를 다시 한

번 확인했다. 그리고 이번 회의는 앞으로 이어질 수많은 회의 중 하나라는 마음으로 생각을 정리했다.

들어선 회의실에는 다소 냉랭한 분위기가 감돌았다. 중앙의 자리에 앉아 인사말을 제대로 시작하기도 전에 입구 가까운 자리에 앉아 있던 중소기업의 대표가 목소리를 높였다.

"이대로 기준을 도입했다가는 중소기업의 경우 진짜로 파산할 수도 있습니다."

회의실에는 일부 대기업과 중소기업 대표, 회계 전문가들과 각계의 이해관계자들이 자리를 채우고 있었다. 그 중소기업 대표는 회의실을 한 바퀴 휘 둘러보더니 가저 말을 이었다.

"우리같이 영세한 회사가 복잡한 새 시스템을 따라가는 데 드는 비용이나 인력을 어떻게 감당한단 말입니까."

그 말에 순간 술렁이는 동요가 눈어 보이는 듯했다. 그 대표의 발언에 고개를 끄덕이거나 무언가를 받아 적는 참석자들도 있었다. 그들이 마음속에 불안을 품고 있으리라는 것을 이해했기 때문에 나는 그들이 확신을 갖게 어떤 말이든 해줘야 했다. 흔들리는 마음을 다잡을 해결책을 제시해야 했다.

"대표님의 말씀에 충분히 동감합니다. 국제회계기준을 도입하는 것이 중소기업에 큰 부담이 되리라는 것을 십분 이해하고 있습니다. 다만 변화는 언젠가 마주해야 합니다. 그리고 저희는 지금이 바로 확장 전략을 세울 시점이라고 생각합니다."

나는 가능한 한 목소리의 침착함을 유지하려 애썼다. 아무런 대책 없이 무작정 내일부터 바뀌는 기준을 받아들이라고 하지 않겠다고도 했다. 기업들이 마주하게 될 손실을 허무하게 만들지 않기 위해서 그동안 수차례 머리를 맞대 토의를 했다는 얘기도 들려줬다. 나는 참석자들에게 미리 배포한 서류를 가리키며 말을 이어갔다.

"자, 여길 보십시오. 저희는 중소기업을 위한 지원 프로그램과 회계 컨설팅을 제공해 회계 시스템이 자리 잡히지 않은 기업의 적응을 적극 도울 것입니다. 또 비용에 관한 재정적 지원 방안을 도입해 어려움을 최소화하도록 하겠습니다."

정책 도입을 준비하면서, 소규모 기업의 부담을 미리 예상하지 못한 것은 아니었다. 수차례의 논의와 검토를 토대로 나름의 대안책을 만들고 있었다. 나는 준비한 대안을 차근차근 설명하며 참석자들의 얼굴을 둘러봤다. 우리의 전략에 믿음을 가져주기를 바라는 마음으로 미리 배포한 서류의 내용을 자세히 브리핑했다. 물론 그들 중에는 여전히 변화에 대한 우려를 떨치지 못한 듯 고민에 빠진 얼굴들이 보였다. 질문과 비판도 계속 제기됐다.

우리가 계획한 변화는 단지 기준을 통합하는 것만이 아니었다. 우리의 투자 시장이 세계 무대에서 경쟁력을 갖는다는 점은 개별 기업의 성장을 의미하기도 했다.

"외국인 투자자들이 한국 회계의 신뢰를 높이 평가해 우리의 활동 기회가 넓어지면 기업들의 진출 영역이 넓어질 수 있습니다. 당장의 변화는 두려움을 동반하겠지만, 그 과정에서 우리 한국경제의 내실을 강화할 수 있다고 봅니다."

나는 서두르지 않고 차분하게 내가 가진 계획과 목표를 설명했다.

회의 결과에 모두가 만족한 것은 아니었다. 반대의 여론은 여전히 소리를 높이고 있었다. 하지만 회의 참석자들 중 상당수는 내 계획을 조금 더 믿고 기다려 보겠다는 뜻을 내비쳤다. 그들이 내 말에서 확신과 굳은 의지를 읽어 준 것인지도 모른다.

의견 대립을 해소하기 위한 첫 번째 회의는 그런대로 잘 마무리됐다. 그러나 쏟아지는 질문과 비난 공세는 여전했다. 이에 대응하기 위해 비슷한 자리를 여러 차례 더 마련했다.

특히 나는 부정적 여론을 설득하기 위해 여러 기업의 대표들과 자리를 함께해 우려 섞인 목소리를 귀담아듣고 대안을 제시하는 대화를 이어갔다. 내부에서도 다양한 주제로 회의를 진행해 허점을 찾아내고 그에 대한 추가 대응을 세우는 방법을 모색했다. 치열한 논의와 설득의 과정이 여러 달 쉴 틈 없이 이어졌다.

그리고 마침내 전달받은 결재 서류에 서명을 하고 잠시 숨을 돌렸다. 당초 계획했던 일정보다 늦춰진 날짜가 치열했던 논의를 반영하는 듯 보였다. 그렇게 국제회계기준은 반대 의견을 수용해 단계적으로 도입하는 것으로 확정했다.

소규모 기업에서 새 기준 도입을 위한 준비 기간이 필요한 것은 당연한 일이다. 그렇기 때문에 대기업에서 시범적 도입을 실시한 후 중소기업에 순차적으로 도입하도록 했다. 앞서 여러 차례 강조했던 교육 프로그램 지원과 경제적 혜택에 더해 기업의 부담을 덜어 줄 방안에 대한 많은 고민도 있었다.

일을 하다 보면 어떤 기준을 적용하는 과정에서 여러 반대에 부딪히는 일을 종종 경험한다. 누구에게나 보이지 않는 정상을 향해 낯선 길을 개척하는 것은 두려운 일이다. 자칫 사고가 나지 않을까 걱정도 되고, 과연 맞는 길인가 의혹이 들기도 한다. 하지만 세상 일 대부분이 목표로 한 길에 올라 한참을 가다 과정을 돌아볼 때야 비로소 걸어온 걸음들이 보이는 법이다. 그 발자국을 어떻게 남길지는 전적으로 자신에게 달린 문제다.

정책을 만드는 일을 등산에 비유한다면, 나로서는 '어떤 사고가 있을지 모르는 길이니 걸을 때 조금 속도를 늦추는 것도 좋겠다'는 말을 하고 싶다. 일이 처음의 기대보다 오래 걸리거나 생각보다 많은 돈이 들어가는 것은 문제가 되지 않는다. 다만 정상까지 가는 길을 잊지만 않으면 된다.

빌 게이츠 마이크로소프트 전 회장은 이렇게 말했다.

"변화, 즉 Change의 g를 c로 바꿔 보라. 기회, 즉 Chance가 되지 않는가? 변화 속에는 반드시 기회가 숨어 있다"

그는 또한 자신의 성공 비결에 대해 "날마다 새롭게 변화했을 뿐"이라고 말한 바 있다.

모름지기 기존의 것이 변화할 때 우리는 혼란과 마주한다. 오래 지속해 온 전통의 방식이란 것은 수많은 시간과 사람에 걸쳐 안정성이 증명된 편안한 길이다. 아울러 전통에는 언제나 나름의 지혜와 기술이 담겨 있다. 하지만 기업가는 '지속'이 아닌 '성장'을 생각해야 한다. 그리고 더 큰 성장을 위해서는 모험을 피할 수 없는 법이다.

나는 많은 기업가에게 '전통을 존중하되 변화를 수용하는 자세를 가져야 한다'고 말하고 싶다. 과거를 바탕으로 하되 새로운 시대에 맞춰 변화를 거듭해야 한다.

"변화 속에는 반드시 기회가 숨어 있다."

그 말에 적극 동의한다. 금융 시장은 눈으로 쫓기 어려울 만큼 시시각각 변화하고 있다. 불확실성을 대상으로 안전을 추구한다면 언제나 일보 뒤처질 수밖에 없다.

이 말은 결코 무모한 도박을 하라는 말이 아니다. 우리는 예언가가 아니다. 그러니 미래를 속단할 수 없다. 그것을 인정하고, '안전한 모험'을 즐기는 자세를 가져 보기를 권한다.

위기 앞에서는 빠르고
정확하게 결정을 내려라

'급할수록 돌아가라'는 옛말이 있다. 서두르지 말고 더 안전하고 확실한 길을 택하라는 뜻이다. 불확실한 상황에서는 시간과 비용이 더 들더라도 검증된 방식을 선택하라는 의미를 담고 있기도 하다. 이는 평상시에는 꽤 유효한 말이다. 하지만 위기 상황에서는 행보가 달라져야 할 때가 더 많다는 것이 내가 경험으로 배운 교훈이다.

'급할수록 돌아가라'는 말은 본래 '어떤 호수를 건널 때 빠르지만 돌풍 위험이 있는 뱃길 대신 조금 느리지만 돌풍 위험이 없는 우회 길을 택하는 지혜가 필요하다'는 유래담을 지니고 있다. 맞는 말이다. 하지만 이미 돌풍에 휩싸인 상황이라면 얘기는 달라진다. 일단 그 돌풍의 영향권에서 벗어나는 가장 빠른 길을 찾는 것이 무엇보다 현명한 선택이다.

2008년 12월의 상황도 그랬다. 당시 리먼 브라더스(Lehman Brothers) 파산으로부터 촉발된 글로벌 금융위기는 국내 금융 시스템을 넘어 실물 산업 전반을 흔들었다. 금융 시장의 유동성 위기를 진정시키는 것만으로는 충분하지 않았다. 건설과 조선 산업에서 누적돼 있던 과잉 공급, 과도한 차입, 저수익 수주 구조가 한계에 도달한 상태였다. 산업 부문의 취약성을 정리하지 않으면 금융 불안은 반복될 가능성이 높았다.

금융위원회와 금융감독원은 합동 구조개선단을 꾸렸고, 나는 단장을 맡아 건설업과 조선업의 구조조정을 총괄하게 됐다. 구조조정은 속도와 보안이 핵심이다. 구조조정 대상 기업이 사전에 노출될 경우 자금 회수가 가속화되고, 시장에 신호를 잘못 주면 혼란이 증폭될 수 있기 때문이다. 특히 당시의 구조조정은 기업 정리에서 끝나는 것이 아니라 산업 전반의 리스크를 통제하는 작업이었다.

나는 내 휴대전화로 주채권은행장들에게 직접 연락해 만나기로 했다. 회의 일정과 장소는 최소 인원만 공유했다. 은행장들의 비서들조차 모르도록 은밀하게 진행했다. 논의가 외부로 유출될 경우 시장은 구조조정 대상 기업을 추정하기 시작하고, 그 과정에서 불필요한 공포가 확산될 우려가 있기 때문이었다.

1차 보고에서 은행들은 구조조정 대상으로 건설 3개사, 조선 2개사를 제시했다. 이미 부실이 확정된 기업, 추가 충당금 부담을 상대적 기준에서 관리 가능한 기업 위주였다. 은행 입장에서는 재무 건전성 유지가 최우선 과제였다.

그러나 현장의 체감 위험은 그보다 훨씬 심각했다. 언론과 시장에서는 이미 20여 개 기업이 잠재 부실 후보로 거론될 만큼 불안 심리가 확산된 상황이었다. 나는 점진적 조정으로는 시장의 불확실성을 잠재우기 어렵다고 판단했다. 구조조정이 단계적으로 반복될 경우 불확실성이 장기화되고, 시장에서는 이를 구조조정 대상이 더 남아 있다는 신호로 받아들여 불안을 확대할 수 있기 때문이었다.

나는 불확실성을 나눠서 관리하기보다 한 번에 범위를 확정하고 집중적으로 정리하는 편이 비용적으로 유리하다고 보았다. 문제는 판단 기준이었다. 은행은 재무제표를 중심으로 보지만, 정부는 산업 구조를 봐야 했다.

나는 건설을 담당하는 국토해양부와 조선을 담당하는 지식경제부 실무진과 각각 만나 산업 현장의 의견을 들었다. 단지 현재 재무 상태가 나쁜 기업을 추려내는 것이 아니라 산업 재편 과정에서 정리돼야 할 구조적 한계 기업이 어디인지 확인하는 과정이었다.

단순한 유동성 위기인지, 사업 구조 자체가 경쟁력을 상실한 상태인지, 수주 잔량과 기술 수준을 감안할 때 회생 가능성이 있는지 등을 면밀히 검토했다. 이를 통해 일부 기업은 단기 유동성 위기일 뿐 기술력과 수주 기반이 유지되고 있고, 일부는 수주 잔량이 있어도 원가 구조상 회복 가능성이 낮다는 점을 확인할 수 있었다. 이를 바탕으로 산업 부처와 협의한 결과 '구조조정 대상을 은행안보다 확대할 필요가 있다'는 결론에 이르렀다.

나는 다시 은행장들과 마주 앉았다. 회의는 보고보다는 논쟁에 가까웠다. 충당금 부담, 건전성 지표, 책임 범위, 발표 시점까지 논의는 세부적으로 이뤄졌다. 은행권의 주장은 '대규모 일괄 지정은 금융권 건전성에 부담을 줄 수 있다'는 내용이었다. 또 일부는 범위 확대에 강하게 반대했다. 이에 맞서 나는 구조조정의 방향을 분명히 했다. "단계적 선정은 불확실성을 반복시키고 그때마다 시장 충격이 되풀이될 수 있다. 한 번에 범위를 확정하고 일정과 기준을 명확히 제시해야 시장은 더 이상 남은 기업을 추측하지 않게 된다. 또한 구조조정은 일방적 통보가 아니라 공동 책임 아래 진행돼야 한다"고 강조했다.

일부는 책임 소재와 사후 부담을 둔제 삼았다. 또한 발표 방식과 시점을 두고 이견 충돌이 반복됐다. 하지만 나는 구조조정 방향에 대한 정부 차원의 원칙을 명확히 하고, 충당금 적립 일정과 관리 방안을 함께 제시했다. 금융권의 부담을 제도적으로 관리하겠다는 메시지를 분명히 한 것이다. 특히 장기 비용을 줄이기 위해서는 부득이 범위 확대가 필요하다고 설득했다.

논의는 쉽지 않았지만 방향에 대한 공감대는 서서히 형성됐다. 결국 건설 15개사, 조선 6개사를 대상으로 한 일괄 구조조정에 합의했다. 발표 직후 시장은 일시적으로 흔들렸지만 추가 지정 가능성이 사라지자 불확실성은 빠르게 줄어들었다. 충격을 여러 번 나누어 겪는 대신 한 번에 관리하는 편이 안정에 더 효과적이라는 판단은 결과적으로 옳았다.

시간이 흐르며 조선 산업은 고부가가치 선박 중심으로 재편됐고, 구조조정을 거친 기업들은 경쟁력을 회복해 글로벌 시장에서 입지를 넓혀 갔다. 당시의 결정은 부실 기업을 정리하는 조치에서 그친 것이 아니라 산업의 체질을 바로잡는 과정이었다.

구조조정은 언제나 부담을 수반한다. 아울러 구조조정은 이해관계가 충돌하는 영역이다. 하지만 위기 국면에서 결정을 미루면 그만큼 비용 부담이 커진다. 반면 위기 상황에서 때를 놓치지 않고 최선의 판단을 내리면 새로운 기회를 잡을 수 있다.

나는 합동 구조개선단 활동을 통해 '손을 대야 할 범위를 명확히 하고 적시에 실행하는 선택'이 장기 비용을 줄이고 미래 경쟁력을 확보한다는 사실을 경험으로 확인했다. 이는 오늘날 K-조선이 세계 1위를 지키는 토대가 됐다고도 자부한다.

이 경험은 훗날 농협금융지주 회장으로 취임했을 때에도 중요한 기준이 됐다. 위기 앞에서는 빠르게 결정을 내리는 일이 중요하다는 것이다. 다만 그 결정에서 '어디까지 책임질 것인지'를 분명히 하는 일 또한 무엇보다 중요하다.

효율을 개선하는 일이
곧 미래를 준비하는 길이다

2009년 금융감독위원회와 한국은행 간에 정보공유 및 공동 검사 양해각서(MOU)를 체결했다. 본래 두 기관은 금융 산업을 뒷받침한다는 공통된 역할을 하는 집단이다. 주된 업무에 차이는 있으나 두 기관 모두 금융 시장을 안정화하려는 공통 목표를 지녔다. 하지만 내가 의문을 품은 지점은 '우리가 일에서 좀 더 효율을 찾을 수 있지 않을까' 하는 것이었다. 각자의 업무에 관여하지 않는 기본자세가 즉각적인 문제 대처를 늦추고 두 기관이 가진 다른 관점이 금융회사들에 부담을 안겨준다는 것이 고민의 시발점이었다.

리먼 브라더스 사태에서 시작된 글로벌 금융위기를 겪고 업계는 현 금융 시스템의 취약성을 체감했다. 당시 세계 금융 감독 기관들은 서로 간에 정보를 공유하지 않고 각국이 따로 움직이며 일을 처리하려 했다. 그러다 보니 한 나라에서 발생한 문제가 다른 나라로 번질 때 이를 사전에 막지 못했다. 리먼 브라더스 사태로 기업이 파산할 때도 미국과 다른 나라들이 원활히 협력하지 못했고, 이는 금융 시스템의 전체 붕괴로까지 확산됐다.

내가 금융감독원 수석부원장으로 재직하던 시기는 글로벌 금융위기의 영향이 세계로 가중되던 때였다. 굳건해 보이던 유럽 굴지의 대기업들이 줄지어 재정난에 빠지는 일은 업계의 누구도 예측하지 못한 일이었다. 바꿔 말하면 미국에서 시작된 문제가 도미노처럼 세계로 직접 타격이 전가되는 상황을 보면서 전 세계의 금융 시스템이 이토록 복잡하게 연결돼 있다는 것을 각국의 금융당국이 뼈아프게 체감한 사건이 됐다. 나 또한 수많은 변수로 움직이는 금융 시장의 문제를 혼자 해결할 수 없다는 생각과 함께 본격적으로 정보 공유의 필요성을 느꼈다.

원장실의 문을 두드린 것은 나름의 판단이 선 직후였다.

"한국은행과의 협력으로 생길 업무 효율을 살펴봐 주시길 바랍니다."

나는 기관 사이에 협력이 필요한 이유에 대해 상세히 설명하며 설득을 시도했다. 한국은행은 주로 통화정책을 담당하고 금융감독원은 금융회사 감독을 주업무로 한다. 그러나 금융 기업에 문제가 발생할 경우 현장 파악을 위해 감사를 나가는 것처럼 일부 안건에 한해 유관기관의 업무가 겹치는 경우가 발생한다. 그리고 리스크를 파악하려 할 때 문제 대응에 있어 중복된 검사가 일어나는 일이 있다.

이전까지 두 정책금융기관은 겹치는 업무에 한해서도 일절

정보를 공유하지 않았다. 이 또한 보수적인 관료 사회 내의 업계 특징이라면 특징 같은 것이었다. 폐쇄적이고 제한적인 분위기가 강한 사회에 업무 내용을 공유해 공동의식을 불어넣는 것은 호락호락한 일이 아니었다. 실제로 이전에도 기관 간 협력의 필요성에 대한 목소리가 나온 적이 더러 있으나 크게 발화되지 못하고 흐지부지 종결되곤 했다.

하지만 나는 우리 업무처리 방식의 효율을 의심했다. 중복된 검사의 문제는 두 금융정책기관이 별개의 기관이라는 데 있었다. 유관기관이라 한들 중시하는 업무가 서로 다르고 독립돼 존재하는 기관인 만큼 리스크를 대처하는 양측의 관점에도 차이가 있었다.

예를 들어 금융 시장을 바라보는 관점에서 금융감독원은 문제가 발생한 해당 금융회사의 건전성에 초점을 맞추는 반면 한국은행은 거시경제를 우선해 현상을 바라봤다. 각 기관의 초점이 통일되지 않은 채 충분한 정보 공유가 이뤄지지 않으니 검사 결과가 일관되지 않거나 우선순위에 충돌이 생기는 경우도 드물지 않았다. 이런 경우 감사를 받는 금융회사들은 각기 한 문제로 두 차례의 감사를 겪고 각기 다른 기준의 요구를 받는 것에 혼란을 겪는 일도 일어났다.

더군다나 기관끼리의 금융 시스템이 아주 복잡하게 엮여 있고 하나의 문제가 연쇄되는 피해를 어느 범위까지 확장할 수 있을지 추정할 수 없다는 걸 몸으로 느끼던 터였다. 기관 간에 제한성을 띤 지금의 업무체계가 비효율적이라는 것은 나뿐 아니라 업계인 중 많은 사람이 느끼던 바였다. 이후 디지털 자산 등으로 금융 시스템이 초래할 리스크가 한층 복잡하지는 상황에서 새로운 금융 상품의 안정성을 잘 관리하기 위해서라도 협력은 더욱 중요한 요소가 될 것이라고 나는 예상했다.

장장 한 시간을 훌쩍 넘긴 끈질긴 설득에 당시 금융위원장께서는 고개를 끄덕이셨다. 금융감독원과 한국은행이 중복되는 역할 부문에 협력체계가 없다는 건 명백한 사실이었기에 내 발언은 부족함 없이 타당했다. 다만 실무로써 당장 추진하지 않은 것은 두 정책금융기관 사이에 협력 관계를 체결하는 일은 기관 간의 권한 문제나 외교적 측면에서도 민감한 사안이었기에 독단으로 결정할 수 없었기 때문이다. 이와 함께 실무로 본격 추진하기 위해서는 금융위원회와의 협의 단계를 거친 후 한국은행과 양측 입장을 고려한 논의를 진행할 필요가 있었다.

금융위원장님께 설명을 드린 다음 날 나는 곧장 내부에 실무팀을 구성했다. 팀의 목표는 한국은행과의 협력 방안을 구체화하고 MOU의 세부 사항을 설계하는 것이었다. 초기 계획을 세울 때부터 업무를 추진하는 내 자세는 오직 일직선이었다. 쇠뿔도 단김에 빼라고 했듯이 생각을 즉시 실행에 옮기는 내 모습을 곁에서 본 한 직원은 마치 질주하는 기병을 연상케 할 만큼 속전속결이라며 농담을 건네기도 했다. 나로서는 계획의 구체적인 밑그림을 다 그려둔 상태에서 일을 지연할 이유가 없었다. 섬

세함을 기본으로 한 빠른 업무 속도는 평가의 베이스가 된다. 맡은 일을 대하는 실행력과 행동력이 곧 공적인 영역의 업무 신뢰도로 이어지는 법이다.

실무팀은 그야말로 전력을 다해 일했다. 치열하게 회의를 거듭하고 방안을 분석하며 내부에서 제기된 문제들의 대응책을 하나씩 검토해 갔다. 그야말로 순풍에 돛을 단 듯 진행됐다.

며칠 후 한국은행과의 첫 협상 자리가 마련됐다. 회의실 안쪽에는 원목 원탁 테이블이 놓여 있었고, 그 맞은편에 당시 한국은행의 부총재가 마주 앉았다. 나는 준비한 서류를 부총재에게 건네며 우리의 상황과 전략의 필요성을 차분히 설명했다. 나는 무엇보다 시기와 연관 지은 필요성을 강조하며 손을 내밀었다.

부총재는 받은 서류를 꼼꼼히 검트하더니 잠시 생각이 잠겼다. 회의실에 짧은 침묵이 흘렀다. 테이블 위에 서류를 가지런하게 내려놓은 후 부총재는 고민에 잠긴 표정으로 입을 열었다. 한국은행 측의 입장은 '협력의 필요성 자체에는 동의하나, 통화정책 등의 민감한 사안에 관해서는 세부 조정이 필요하다'는 것이었다. 단호함이 배어 있는 목소리였지만 충분히 예상한 반응이었다.

나는 부총재의 말을 경청했고, 얘기가 끝난 뒤 신중히 입을 뗐다. 나는 정보 공유의 범위와 방식에 대해서는 우리가 함께 논의를 해 세부 사항을 조정해야 한다고 말했다. '금융감독원에서 수집하는 정보는 주로 금융기관 내부 리스크에 주력하지만 한국은행의 통화정책 정보는 금융 시장 전반에 영향을 준다. 우리는 이 두 관리 영역을 하나로 묶어 시장을 넓게 봐야 한다. 위기 상황의 즉각적인 대응이나 유관 업무의 효율적인 움직임을 위해서는 우리가 한 팀으로 행동해야 한다'는 것이 내 주장의 골자였다.

그날 첫 협상의 목적은 전략의 필요성과 우리의 의지가 얼마나 분명한지에 대해 우리 측의 인상을 강하게 남겨 두는 것이었다. 내 말에 귀를 기울이던 부총재는 이윽고 너털웃음을 터트리고는 고개를 끄덕였다. 그러고는 '우리가 논의를 해 보자'며 악수를 건넸다. 내가 내민 손을 맞잡자 부총재는 내게 "더 자주 볼 것 같네요"라는 말로 자리를 마무리했다.

협상 이후 몇 주간은 내부 검토와 여러 차례의 실무 협상을 진행했다. 그동안은 한국은행도 내부적으로 협력 방안을 검토했다. 공유가 가능한 범위와 추가 논의가 필요한 분야를 세부적으로 구분하는 과정이 이어졌다.

실질 협력 방안이 어느 정도 구체성을 가진 이후에 양측 기관은 각각의 법무팀을 통해 MOU 초안을 작성했다. 효율성을 높이고 제도를 개선하기 위해 관련 법규로 얽혀 공유 불가능한 사안을 제외하고는 기관이 보유한 모든 정보를 공유하게 됐다. 몇 차례의 수정과 검토가 이루어진 후 양 기관은 금융 리스크 관리를 위한 정보공유와 공동검사의 내용을 담은 MOU 체결에 합의하게 됐다.

마침내 금융감독원과 한국은행은 공식적으로 MOU 체결식을 열었다. 양 기관의 고위 관계자들이 모인 가운데 열린 체결식은 언론에 공개됐다. 금융 시스템의 안정성을 강화하는 중요한 첫걸음이 큰 관심의 대상이 됐다. 양 기간의 대표가 협약서에 서명을 하고 악수를 나누며 양측의 합의가 이뤄졌다. 언뜻 봐서는 사소한 '오랜 불편함'을 들춰내 체계를 바꾼 것이다. 하지만 이는 단순히 업무 효율 개선에 그치는 것이 아니라 같은 목적을 가지고 따로 행동하던 두 기관이 하나로 묶이는 계기를 만들었다는 데 의미가 있다.

당장의 작은 효율을 중시하는 것도 중요하다. 또한 이전의 자율적인 감사 방식이 업무에 결정적인 불편함을 주던 것은 아니었다. 다만 공동감사가 본격적으로 시행되고 두 기관이 업무를 함께 수행하며 우리는 큰 효율을 체감했다. 여기에 더하여 협력을 통해 추후 일어날 수 있는 문제에 대응하는 방식 또한 함께 강화할 수 있었다. 이처럼 효율을 개선하는 일은 미래를 준비하는 방법이 될 수도 있다.

인내와 도전에는
반드시 보상이 따른다

지금 돌이켜 생각해 보면 내 계획은 불가능해 보일 만큼 야망이 넘치곤 했다. 2011년에도 그랬다. 당시 나는 수출입은행을 올해 안에 글로벌투자은행(IB)으로 만들겠다고 각오를 다졌다. 기세 좋게 밝힌 포부에 업계는 젊은 은행장의 허세와 치기 정도로 받아들였다. 전통적인 금융 관행의 분위기에서 리스크를 우려하는 회의적인 목소리도 들렸다. 관료주의에 사로잡힌 금융기관이 세계 시장의 글로벌투자은행들과 제대로 경쟁할 수 있을 거라고 예상하는 이는 거의 없었다.

하지만 나는 한국경제의 성장에 초점을 맞추고 있었다. 우리 경제는 급속히 성장해 왔고, 기업이 해외로 진출하는 속도는 날이 갈수록 빨라지고 있었다. 이제 한국의 기업들은 글로벌 시장을 무대로 할 만큼의 기술력도 보유하고 있었다.

문제는 자금 조달 능력이었다. 기업들은 단순히 자금을 확보하는 것만으로 부족했다. 보유한 자금을 어떻게 효율적으로 운용하고 새로운 시장에서 지속적인 경쟁 우위를 확보할 수 있을지가 관건이었다.

성장하는 한국 기업들이 글로벌 시장에서 성공적으로 자리 잡을 수 있도록 단순한 자금 조달을 넘어 전문적인 금융 조언이 필요하다고 생각했다. 나는 '수출입은행이 기업들에 자금뿐 아니라 인수합병(M&A)이나 그 밖의 복잡한 금융 거래에 대한 조언 업무에도 힘을 기울이도록 한다'는 목표를 세웠다. 복잡한 시장의 불안정한 경제에서 기업들이 자신을 최적화해 위기를 관리할 줄 알게 하자는 것이었다.

그러한 전략을 세운 계기는 2008년을 배경으로 한 글로벌 금융위기 사건이었다. 견고하게만 보였던 유럽의 주요 은행들이 잇달아 재정위기에 빠졌고 주식시장은 폭락했다. 세계 금융 시장의 불안정성은 커져 갔다. 유럽의 은행들은 금융위기 이후에도 지속적인 경제 불안을 떨치지 못하는 상황이 이어졌다.

나는 당시 세계 곳곳에서 금융 시스템이 붕괴해 가는 모습을 지켜봤다. 그리고 불안정한 금융의 새로운 관리 시스템의 필요성을 절감했다. 수출입은행을 단순한 자금 대출 기관이 아닌, 종합적인 금융 솔루션을 제공하는 금융 서비스 기관으로 탈바꿈하겠다고 결심했다. 이것이 바르 글로벌투자은행(IB) 기법을 도입하는 이유였다.

글로벌 금융위기는 내게 있어 위기이자 기회였다. 사태를 통해 투자은행의 위기관리 능력을 시험한 기업들은 보다 안전한

국책은행들에 의존하게 됐다. 시장의 구조가 변화의 단계를 밟았다. 그간 글로벌 투자은행들의 견고하던 독점 시장에 틈이 열린 것을 내 눈으로 보았다. 그 틈을 한국 금융 시장이 충분히 파고들 수 있을 것이라고 생각했다.

취임 첫 기자간담회에서 '수출입은행을 글로벌 투자은행으로 전환하겠다'는 계획을 업계에 공표했다. 의지를 실행으로 옮길 것이라고 모두가 믿지는 않았지만, 그 후 사실상 수출입은행은 목적을 달성해 냈다.

2011년 8월의 어느 날 오전, 나는 수출입은행의 회계 전문가와 대화를 나눴다. 평소보다 이른 출근을 하게 만든 안건을 차례차례 점검하며 대화가 이어졌다. 글로벌 투자은행 기법 도입의 첫머리에서 나는 부서별로 흩어져 있던 자문 업무를 한데 묶어 '금융자문실'을 신설했다. 수출입은행이 투자은행의 업무를 지원하기 위한 핵심 조직이 돼 줄 인재들을 꾸려 모았다.

금융자문실의 초기 평가는 무척 긍정적이었다. 공식 운영이 시행된 지 한 달 정도가 흐른 시점에서는 썩 만족스러운 결과물들을 내놓기 시작했다. 그것들을 담은 수십 개의 철제 파일을 눈앞에 펼쳐두고 향후 방침과 개선점에 대해 회계사오- 논의했다.

회계사는 말하는 도중 이면지 뒷면에다 그림을 그려 넣으며 긍정으로 가득 찬 전망의 평을 더했다. 이면지에 볼펜으로 마구 그린 그래프는 상승 곡선을 보이고 있었다. 어쩌면 이맘때 우리는 기대에 부풀어 있었다.

중견기업의 해외 진출 사업을 전방위로 지원해 성공으로 이끈 프로젝트가 안팎으로 호평을 받아 금융 자문과 주선의 요청이 늘고 있는 참이었다. 외부의 관심이 늘어갈수록 나는 신중히 대응했다. 종합 지원을 내세운 것은 어느 것도 소홀히 하지 않겠다고 약속한 것과 같으므로 신중에 신중을 더해 가며 일을 했다. 모든 방면에서 빈틈없는 지원을 완수해야 했으며 모든 업무가 중요했다.

순항을 거듭하며 수출기업들의 신뢰를 유지할 수 있던 것도 전방위로 책임을 다하려고 노력을 기울인 결과였다. 금융자문실의 운영이 반년 남짓이 돼 갈 무렵에는 급격히 업무가 늘어 금융자문실의 부서 규모와 인력을 확대하게 됐다. 늘어난 업무 비중에 따라 해외 전문가들을 초빙해 채용하기도 했다.

이 무렵 나는 한 달에 한 번꼴로 해외 출장을 다녔다. 주요 국제 금융기관들과의 관계를 구축하는 일이 수출입은행의 글로벌 경쟁력을 강화하는 데 중요했기 때문이다. 장시간의 비행 중에는 계획을 재점검하며 머릿속으로 사업을 구상하는 시간을 가졌다. 이렇게 몸을 편안히 하고 생각을 정리하는 시간은 내게 유의미한 '호흡'이었다. 장거리 산행길의 휴식 구간에 들어서서 숨 가쁘게 내디뎌온 발걸음들을 되돌아보며 생각을 다시 정리할 수 있는 귀한 '틈'이었다.

전략을 실행하는 동안 나는 끊임없이 목표를 향해 달렸다. 각국의 금융기관들과 체결한 업무협약을 통해 구축한 글로벌 네트워크는 수출입은행의 입지 확대에 크게 기여했다. 이 네트워크를 통해 한국 기업들이 해외 시장에서 영향력을 발휘할 수 있도록 지원했다.

나는 수출기업들이 해외에서 대규모 프로젝트를 하기 위해 금융자문실에 자문하는 일이 늘고 있는 것을 체감했다. 어느 월요일 오전 10시, 비서의 안내에 따라 9층 회의실을 찾았다. 회의실에서는 내부 교육팀에 의한 워크숍이 한창 진행 중이었다. 국내외 금융 기업에서 수출입은행의 노하우를 배우기 위해 장기 파견을 신청한 국내외 직원들에 대한 교육이었다. 대형 은행이 장기금융 기법을 익히기 위해 다른 은행에 과장급 직원을 파견한 것은 이것이 최초였다. 투자은행으로서 수출입은행의 역량이 대외적으로도 인정받고 있기에 가능한 일이었다. 수출입은행을 투자은행으로 만들겠다는 나의 공언은 그렇게 반년 만에 현실에서 이뤄졌다.

옷 매무새를 가다듬고 회의실 안으로 들어선 나는 파견직원들 한 명 한 명과 악수를 나눴다. 업계의 중추라 할 만한 인력들이 수출입은행의 사업 접근 방식에 감명을 받아 한자리에 모였다는 사실에 기쁘지 않을 수 없었다. 수출입은행의 글로벌 투자은행 업무를 설명하는 동안 그들은 수출입은행의 전략에 대해 많은 질문을 했다. 나는 그들에게 수출입은행의 길과 내가 가진 생각을 설명해 주었다.

나는 그날 회의실을 나서며 다음 목표를 향한 계획을 머릿속으로 그리기 시작했다. 수출입은행의 전망에 대해서는 우려의 목소리가 사그라들고 안목과 실행력을 긍정적으로 평가하는 목소리가 커져 갔다. 그것은 흡족한 전개라고 할 만했다. 하지만 수출입은행을 글로벌 투자은행으로 전환한다는 나의 비전은 여기에서 끝이 아니었다.

그동안의 성과를 바탕으로 글로벌 시장에서 새롭게 도약할 더욱 야심찬 계획을 그리고 있었다. 수출입은행의 전략을 공고히 해 세계 시장에서 입지를 다지는 것까지가 나의 큰 그림이었다.

견고했던 유럽의 금융 시스템이 불안정에 빠졌듯이 경제 시장은 유동성이 강하다. 이러한 시장의 변동성과 새로운 경쟁에 대응하기 위해 수출입은행은 계속해서 혁신하고 준비해야 했다.

전략을 실행할 때 중요한 것은 '도전정신'과 '묵묵한 노력'이다. 변화를 찾아 두려움을 넘어 묵묵히 도전하다 보면 어려움 앞에서 굴하지 않고 이를 극복할 힘이 생기기 마련이다.

내가 취임하며 글로벌 투자은행 기획에 대한 발언을 꺼냈을 때 부정적인 업계 반응이 쏟아졌지만, 나는 묵묵히 내 생각을 믿고 실행에 옮겼다. 그리고 마침내 좋은 결과를 마주했다. 포기하지 않는 인내와 도전은 반드시 보상을 가져다준다. 앞에 놓인 길

은 아직도 험난할 것이지만 나는 어떤 도전도 두렵지 않았다. 혁
신과 도전은 언제나 나의 가장 강력한 무기였다.

넘을 수 없는
한계는 없다

이러한 돌풍과도 같은 실행력에도 불구하고 법이 한정하는 제약에서 벗어날 수 없는 경우도 적지 않았다. 수출입은행을 글로벌 투자은행으로 변모시키기 위해 혁신적인 전략을 실행했지만 법률의 제약은 계속해서 우리의 발목을 잡았다. 수출입은행의 주업무는 원래 수출과 수입을 지원하는 금융 지원에 머물러 있었기 때문에 투자은행처럼 활동하기 위한 법적 권한이 부족했다. 글로벌 시장에서 입지를 다져 가며 수출입은행의 역할이 늘어나고 업무 증진의 필요성이 명확해졌지만 정책금융기관으로서의 법적 제한이 수출입은행의 노력을 제한하고 있었다.

2011년 들어 글로벌 투자의 포부를 업계에 공표한 뒤부터 나는 법률 개정에 매달렸다. 금융자문실을 신설해 대외적으로는 수출입은행의 비전을 확립했다. 수출입은행이 투자은행으로 역량을 발휘할 수 있다는 근거를 성과로 만들어 나갔으며, 수출입은행의 능력을 토대로 법안 기정의 정당성을 확보하는 노력을 거듭했다.

당시의 딜레마는 수출입은행이 명백하게 투자은행으로서 활동하고 있음에도 법의 한계로 대규모 업무에 손을 쓰지 못한다는 점이었다. 금융자문실을 내세워 기업들의 신뢰를 얻고 다수의 프로젝트를 성사시켰지만 법적 제약 때문에 수출입은행의 역량을 전부 발휘할 수는 없었다. 지금보다 광범위한 시도를 하고, 이를 바탕으로 수출입은행의 가능성을 보여주려면 법을 개정해야만 했다. 그것은 나 스스로 가진 의문에 대한 해답이기도 했다.

해답에 대한 행동을 개시하기 위해 나는 다양한 방법을 동원했다. 법률 개정의 필요성은 누구보다 나 자신이 잘 알고 있었지만 법 개정의 절차는 국회의 협의를 거쳐야만 이뤄질 수 있었다. 그렇기 때문에 내가 가진 모든 자료와 논리를 바탕으로 낱낱이 설명해 설득을 끌어내야 했다.

나는 기획재정부와 경제 부처 관계자들과 여러 차례 상담하며 친분을 쌓았다. 그들에게 수출입은행의 성과를 수치화한 자료를 제시하며 글로벌 금융으로서의 성장 역량을 눈앞에 그려 보였다. 그리고 이러한 가능성이 법률 제약으로 가로막히고 있는 현 상황에 대해 자세하게 설명했다.

각 분야의 금융 관련 전문가와 만나 이야기를 듣기도 했다. 그들에게 수출입은행의 상황을 설명하며 지원을 그했다. 언론기자와 투자기업, 분석가, 연구기관 그리고 국회의원 등 나는 수많은 사람을 만나 법률 개정의 필요성을 강조했다.

한동안은 일상생활을 누릴 틈 없이 바삐 살았다. 미팅이 끝난 뒤면 잠시 휴식을 취할 새도 없이 다음 미팅 장소로 이동하곤 했다. 그렇게 바쁘게 관련인들과의 자리를 마련해 당면 문제에 대한 설명과 설득을 위해 노력했다. 법률의 제약이 해소되는 것이 불러올 경제적 이점에 대해 논리적으로 설명하고 우리를 지지해 달라고 요청했다.

하지만 각고의 노력에도 불구하고 '한국수출입은행법 개정안'은 1년째 국회를 통과하지 못하고 있었다. 개정의 필요성과 이미 내보인 성과의 지표는 충분했으나 정치적 문제와 얽힌 불씨가 원인이었다. 수출입은행이 정부 산하의 정책금융기관인 만큼 정권교체 시기에 맞물린 법률 개정의 불씨가 예상치 못한 방향으로 튈지 모른다는 우려였다.

나는 국회·정부 관계자들과 자리를 함께해 한국수출입은행법이 정치적 영향력과는 무관하다는 사실을 애써 설경했다. 오히려 원활한 정책금융지원을 의해서 올해 안으로 법률 개정이 반드시 필요하다며 만나는 모든 사람을 설득했다. 하지만 흔쾌히 그렇게 하자는 대답은 어디에서도 들을 수 없었다.

한국수출입은행법을 개정하겠다는 목표를 나는 취임 직후부터 제일성으로 외쳤다. 나는 스스로에게 '내 임기 내에 목표를 달성하겠노라'고 기한을 정해 두기도 했다. 그리고 퇴임을 앞둔 2013년에 들어서 마침내 개정안이 가결됐다.

싸움은 길었지만 끝내 결실을 맺었다. 한국수출입은행법 개정으로 법정자본금 상한이 기존 10조 원에서 15조 원으로 상향되고, 지분투자 허용 범위도 확대돼 그동안 수출입은행의 활동을 제약하던 규정들이 대폭 완화되거나 폐지됐다. 기업들의 수출입과 해외 시장 진출을 더 유연하게 지원할 수 있는 길이 열린 것이다. 그리고 그동안 억눌린 수출입은행의 역량을 입증해 보이듯이 법의 제약이 풀린 수출입은행은 사상 최대 규모의 업무실적을 달성해 냈다. 글로벌 IB로서 수출입은행의 위상을 높여 나아갈 길 또한 열었다.

업계에 불어닥친 글로벌 위기의 악재 속에서 나는 수출입은행이 성장할 기회를 엿봤다. 당시 수출입은행은 불리한 입장이었다. 글로벌 위기는 유럽뿐 아니라 우리 경제에도 큰 타격을 주었다. 거기에 더해 수출입은행은 법률에 묶여 자유로운 활동이 어려운 처지였다. 그럼에도 나는 수출입은행이 가진 경쟁력을 탐색했다. 그리고 수출입은행만의 무기로 틈새시장을 공략할 생각을 했다.

경영인이라면 때때로 야망을 품어 보는 것도 좋다고 생각한다. 변화하는 시장에서 도전을 통해 새로운 길을 만들어 갈 수 있기 때문이다. 한국수출입은행법 개정안이 가결된 2013년은 수출입은행 역사에서, 또 40여 년 금융인으로 살아온 나에게도 가장 의미 있는 한 페이지로 남아 있다. 이 길었던 여정은 한국 경제의 글로벌 경쟁력 향상에 힘을 실어줄 계기가 됐다고 자부한다.

대기업의 자본력과 중소기업의 기술력이
경제 강국을 만든다

수출입은행은 한국의 수출입을 지원하는 주요 기관으로서 수출입 회사들의 해외 진출 확대를 도와 낮은 금리로 자금을 빌려 주는 일을 한다. 한마디로 수출입은행은 국내 기업이 해외 시장에서 경쟁력을 가질 수 있도록 돕는 핵심 역할을 수행하는 기관이다.

2012년, 내가 아직 은행장을 맡고 있던 당시 정권이 교체되면서 수출입은행 또한 중요한 전환점을 맞이했다. 대통령 선거 과정에서 중소기업들의 글로벌 진출 지원에 대한 정책 공약이 발표된 것과 관련해 수출입은행도 중소기업 지원에 발을 맞췄다.

중소기업이 해외 시장에 진입하기 위해서는 자금 지원과 금융 서비스가 필요하고, 수출입은행이 국내 기업을 해외 시장에 진출하도록 돕는 기관인 만큼 새 정부가 내세운 정책을 추지하는 데 가장 적합한 기관은 당연히 수출입은행이었다. 수출입은행장으로서 그해 나에게 주어진 과제는 그 어느 때보다 명확했다. '중소기업의 해외 시장 진출 지원!' 중소기업의 해외 진출

을 돕는 정책은 한국 경제의 기반을 강화하기 위해서라도 적극
적으로 실행하는 것이 타당했다.

　나는 수출입은행장 부임 초창기부터 한결같이 우리 경제의
성장 가능성을 내다봤다. 그동안 근면한 우리 국민의 열정과 정
부의 적극적인 산업화 정책에 힘입어 우리나라는 성장의 기틀
을 차곡차곡 쌓아 왔음을 현장에서 피부로 느낀 결과다. 당시 수
출입은행은 이미 기술력과 인재가 준비돼 있었다. 인재를 발굴
해 개인의 능력을 발휘할 기회를 제공할 자본도 있었다. 특히 수
출입은행에는 그런 일에 능숙한 사람들이 많았다.

　나는 평소 능력 있는 기업의 국외 진출을 돕는 데 드는 비용
은 '마땅히 감수해야 할 투자'로 간주해 왔다. 그런 가운데 내
가 접했던 수많은 중소기업들은 자본력 부족으로 해외 진출 초
기 비용을 마련하는 데 어려움을 겪고 있었고, 시장 정보와 네트
워크 부재로 인해 진출 전략을 세우는 데도 큰 부담을 갖고 있
었다. 더욱이 한국의 경제는 그동안 대기업 중심으로 성장해 왔
기 때문에 기업의 규모와 자본의 격차가 크게 벌어져 있었다.

　하지만 중소기업이야말로 국가 경제의 근간을 이루는 가장
중요한 축이다. 아울러 국내 시장의 경제 불평등을 완화하고 균
형 잡힌 경제 발전을 독려하는 데도 중소기업의 성장은 필요
했다. 하지만 중소기업은 여전히 열악한 현실에 놓여 있었고, 이
를 가까이에서 지켜보면서 나는 수출입은행이 중소기업의 글로
벌 진출을 돕는 데 중심적 역할을 해야 한다고 결심했다. 뛰어

난 기술력을 보유한 기업 인재들이 인프라가 부족해 세계 시장
에 진입하지 못하는 어려움을 겪고 있다면 수출입은행이 나서
서 이를 적극 지원할 차례라고 생각했다.

수출입은행은 중소기업의 해외 진출을 위해 다양한 금융 지
원을 제공할 수 있는 유일한 기관이었다. 수출입은행만이 할 수
있는 일을 매개로 나는 즉각 중소기업에 들이는 금융 지원을 대
폭 확대하기로 결정했다.

그렇게 본격적으로 사업을 확장하기로 방침을 세웠지만, 사
실 중소기업에 대한 지원 정책은 이전에도 여러 차례 시행한 적
이 있었다. 앞서 나는 글로벌 금융위기의 여파로 대외 환경 변화
에 취약한 중소기업이 자금난을 겪을 우려에 대비해 제도 개선
을 모색한 바가 있었다. 당시 마련한 지원 정책 중 하나는 우수
한 중소기업을 발굴하고 육성하는 프로그램이었다. 나는 그동
안 수출입은행이 지원하는 대상 기업이 특정 산업에 치우쳐 있
는 것에 대해 고민하고 기술 거발 자금 지원 대상을 확장했다.
전략 산업을 강화하고 다양한 산업군에 걸쳐 혜택이 주어지도
록 정책을 조정해 더 많은 기업이 자금 지원의 혜택을 누릴 수
있도록 했다.

또한 나는 대기업 협력업체로 있는 중소기업을 대상으로 금
융 혜택을 지원하는 상생 프로그램을 도입했다. 이 프로그램을
통해 대기업과 중소기업이 협력해 함께 성장할 수 있는 길을 제
시했다. 우선 이미 시행되고 있는 지원 정책에 더 투자해 확대하

는 일부터 시작했다.

나는 대기업과 협력하는 중소기업에 지원하던 자금의 증액을 이사회에 주장했다. 이에 더하여 지원 내용에 금액뿐 아니라 지원 범위의 규모도 확대할 것을 제안했다. 이는 무리 없이 승인돼 상생금융의 규모를 1조 3000억 원으로 증액하고, 프로그램의 지원 대상을 2차와 3차 협력사까지 확대하기로 결정했다.

지원 내용 확대 이전에는 상생금융의 규모가 작았고 지원 대상 또한 대기업과 직접 거래하는 중소기업으로 국한돼 있었다. 2·3차 협력사까지는 지원 대상에 포함되지 않아 중소기업 간의 협력이나 경쟁력 강화에 한계가 있던 상황이었다. 프로그램의 지원 확대는 복지 차원에서 머무는 것이 아니라 경제 생태계를 회복시키는 시도였다. 대기업의 자본력과 중소기업의 기술력이 시너지를 발휘할 수 있게 수출입은행이 뒷받침하는 방법을 찾은 것이었다.

또한 기존에 문제가 되던 사항 중 하나가 신용도가 낮은 중소기업이 금융기관에서 자본을 확보하는 데 어려움을 겪는다는 점이었다. 스타트업이나 신생기업의 경우 신용 기록이 충분치 않아 신용 등급이 낮은 경우가 많았다. 하지만 신용도가 낮다는 이유만으로 자금 지원을 제한하는 것은 그들이 가진 잠재력과 혁신 가능성에 기회를 주지 않고 외면하는 것을 의미했다. 그것은 올바른 시장 경쟁이라고 말할 수 없었다.

이에 수출입은행은 매출채권 담보 대출과 같은 혁신적인 방안을 통해 신용도가 낮더라도 성장 가능성을 판단해 자금을 지원했다. 그리고 그 결과 수많은 중소기업이 안정적으로 해외 시장에 진출할 수 있었다.

지원 정책을 넓혀 가던 어느 날, 책상 위에 대기업 B사와의 업무 협약서가 올라왔다. B사는 다양한 글로벌 진출을 통해 사업 영역을 확장하며 성장곡선을 그려 가던 기업이었다. 그러던 중 B사는 발전 플랜트 사업으로 해외 진출을 겨냥했고, 기술력이 뛰어난 중소기업 A사와 협력을 맺게 됐다.

당시 중소기업 A사는 우수한 기술력으로 특허를 획득하고 대기업 B사의 해외 사업에 부품을 납품하는 계약을 체결했다. 하지만 연구에 치중하는 동안 재무 상태가 악화됐고, 그로 인해 은행 대출마저 거절당했다.

기술과 능력을 고루 갖춘 신생기업이 자금력이 부족해 눈앞에 주어진 기회를 잡지 못하는 상황이었다. 혁신과 창의성을 발휘해 능력을 입증해 낸 기업이 자금 부족으로 도산 위기에 처한 것에 나는 안타까움을 느꼈다. 그래서 나는 곧장 수출입은행을 통해 행동에 나섰다.

마침 B사는 수출입은행과 글로벌 퍼스(PaSS) 프로그램의 업무협약을 맺고 있었다. 이 프로그램은 대기업 협력체인 중소기업에 우대금리를 적용하고 보증금을 인하하는 등의 혜택을 제공하는 것을 주 내용으로 한다. 즉 대기업과 중소기업의 상생을 독려하기 위한 프로그램이 제대로 빛을 낼 기회가 찾아온 것이다.

A사는 대기업 B사와의 계약을 통해 본 프로그램의 혜택을 받았고, 수출입은행은 앞서 말한 지원에다가 경영 컨설팅과 기술 지도 등의 교육 혜택을 추가 제공했다. 이는 수출입은행이 중소기업 지원을 통해 경제 시장을 활성화하기 위해 고민한 노력이 우수한 기술력을 가진 중소기업의 발전에 실제로 기여한 사례 중 하나가 됐다.

수출입은행이 목표한 중소기업 지원 정책은 단지 어려운 상황에 놓인 중소기업에 돈을 빌려주는 의미를 넘어섰다. 기존 대기업 중심의 금융 지원에서 벗어나 중소기업이 글로벌 시장에서 성공할 수 있는 자금과 네트워크를 갖출 수 있도록 지원하는 것이 핵심이었다. 이를 위해 수출입은행은 더 좋은 정책을 마련하고자 회의를 거듭한 끝에 기업 육성에 꼭 필요한 지원 제도를 실현해 냈다.

정책을 추진하면서 나는 중소기업들에 자립 발판을 만들어 주는 것이 얼마나 중요한지를 절감했다. 아울러 글로벌 시장에서 국내 중소기업들이 경쟁력을 갖춰 세계로 뻗어나가면서 한국 경제를 활성화하는 또 다른 성장 엔진으로 작동할 수 있다는 확신을 봤다. 수출입은행이 중소기업들의 글로벌 진출을 돕는 역할은 내가 자리에서 물러난 지금까지도 계속 이어지고 있다. 이는 아직도 심장을 쿵쾅거리게 할 만큼 내가 나를 대견스럽게 여기도록 만드는 성과 중 하나다.

위기는 정면으로
마주해야 넘어설 수 있다

2015년 4월, 수출입은행장을 마치고 농협금융지주 회장으로 취임한 때에 농협금융은 최악의 위기어 직면해 있었다.

언론은 농협금융에 켜진 적신호를 조명하고 있었고, 전문가들은 당시의 상황이 기업의 성장에 심각한 타격을 줄 것이라고 확신하는 분위기였다. 이 무렵 조선·해운업계의 부실채권 증가로 농협금융은 실적 급락을 맞이했다. 하지만 이는 예고 없이 찾아온 재난이 아니었다.

조선·해운업계는 글로벌 금융위기 이전부터 손실을 기록하고 있었다. 금융위기 전 호황을 누리던 이들 업종은 은행들의 주요 수익원으로 주목받았다. 하지만 금융위기 이후 업계 불황이 장기화할 조짐이 보이자 시중 은행들은 관련 여신을 축소하며 위험 노출도를 줄여 나갔다.

구조조정 명단에 오른 부실 조선·허운사는 5조 원을 웃도는 위험 노출액을 쌓았고, 추가로 쌓아야 할 충당금은 최대 2조 원에 육박했다. 시중 은행들이 점차 발을 빼던 시기에 농협에는 리스크를 파악할 관리체계가 갖춰져 있지 않았던 것이 위기의 결정적 원인이었다.

2012년 농협금융지주가 출범한 이후 회장들은 임기를 채우지 못해 왔다. 농협금융지주의 회장직은 금융지주의 운영에 더해 중앙회와 호흡을 맞추는 경영 역량도 필요한 자리인데, 회장들이 연이어 임기조차 채우지 못하면서 시장 동향에 대한 내부 관리 시스템을 세우기 어려운 실정이었다.

지배구조가 계속 바뀌면 미래를 위한 구상이나 대비를 하지 못한다. 농협금융은 장기적인 안목에서 성장 전망을 그릴 수 없는 상황이었다. 특히 업계 전역에 울리던 위기 경보를 읽어 내지 못해 산업 전망을 전혀 예측하지 못하는 지경에 이르고 있었다. 스포츠 경기에 비유하자면 이미 참패를 당한 상태였다.

농협금융지주 회장 취임 후 나는 조직의 심각한 위기 상황을 직시하며, 즉시 문제 해결을 위한 전략을 수립해야 했다. 일단 내부 보고서와 실적 데이터를 검토하며 당면한 위기의 심각성을 깊이 이해하고 이를 해결하기 위한 계획을 마련하는 데 집중했다.

손에 잡힐 것 같은 위험에서 눈을 돌리고 신변을 살필 수도 있었다. 막대한 손실이 뻔히 보이는 상황에서 이를 막고자 몸을 던지는 것은 임기 직후부터 떠안기에 부담이 너무 컸다. 하지만 흙으로 덮어 가려둔 지뢰는 언젠가는 누군가 밟아 터지기 마련이다. 눈에 보이지 않게 덮어 두고 넘기는 것이 문제의 해결로 이어지지는 못한다. 나는 '체질 개선을 이루어야 조직이 지속적인 발전과 성장을 추구할 수 있다'고 판단했다. 그것이 문제 해결을 위한 첫걸음이었다.

그 무렵에는 밤에 쉬 잠들지 못했다. 침대에 누우면 해결되지 않고 누적된 손실 금액의 편린이 머릿속에서 마치 파도처럼 쫙 밀려왔다가 이내 쏙 빨려나가는 일이 반복됐다. 결국 다시 옛 버릇이 나왔다. 엉망인 실적 보고서와 우려가 가득한 언론 기사들을 모니터 화면 가득 띄워 놓고, 빽빽한 글자들을 꼼꼼히 따라 읽었다. 문제 해결책 찾기에 나선 것이다.

리스크를 감수하고, 내 임기 중에 문제를 처리키로 결정한 것은 '그것이 옳다'는 내 신념을 철저히 믿은 결과였다. 훗날 누군가 해야 할 일이라면 지금 내 선에서 해결하는 것이 기업의 추후 발전에 도움이 되리라고 보았다.

"당장은 수익이 덜 나더라도 건전성과 수익성을 위해 한 번은 거쳐야 할 과정입니다."

빅배스(Big Bath) 실행을 선언하며 나는 그렇게 말했다. 기업의 수명이 오래 지속되도록 하는 데 있어 무엇보다 중요한 것은 최고경영자가 내리는 판단이다. 즉 최고경영자가 해야 하는 가장 중요한 역할이 '타이밍에 맞춰 과감한 결단을 내리는 일'

이다. 주주인 농협중앙회는 이러한 나의 결단을 승인해 줬다. 주주인 농협중앙회는 나의 계획에 담긴 가능성을 일단 믿어 보고 기다리기로 했다.

위기 상황에서 가장 먼저 해야 할 일은 상황을 올바르게 이해하는 것이다. 따라서 나에게는 경영 시장에서 농협금융 체계가 부실했던 점과 그 원인을 파악하고, 이를 있는 그대로 받아들이는 것이 대처의 시작이었다. 우선 나는 농협금융의 부실채권 규모와 향후 2년 내 발생할 가능성이 있는 부실채권을 파악하기 위해 재무팀과 긴밀히 협력해 정확한 데이터 분석을 진행했다.

다음으로 중요한 일은 '위기 상황에 대비할 관리체계를 갖추는 것'이었다. 산업 전망을 예측하지 못하는 경영은 이후에도 예기치 못한 상황에 의해 언제든 위험에 노출될 가능성이 있기 때문이다. 이에 나는 리스크 관리 시스템 구축을 위해 산업분석팀을 구성하고, 농협의 관리 문화를 만들어 갔다.

취임 이후 1년, 농협에 어느 정도 관리체계가 자리 잡았을 때 내가 먼저 기자회견을 자청했다. 그리고 '전부 씻어내고 다시 쌓자'는 마음으로 빅배스 결행을 발표했다. 빅배스란 회계연도 동안 모든 부실을 한꺼번에 반영해 손실을 대규모로 처리하는 기법이다. 이를 통해 기업은 향후 회계기간 중의 재무 상태를 더욱 깨끗하게 정리할 수 있다. 나는 이 전략을 이용해 농협금융의 문제를 일거에 해결하고 미래의 성장을 준비하고자 했다.

위기 극복에는 구성원의
희생과 열정이 필요하다

흔히 물은 나쁜 것을 씻어내고 깨끗하게 정화하는 상징으로 표현된다. 기독교의 세례나 불교의 관욕 의식도 깨끗한 물로 몸을 씻어 긍정적 의미의 새 시작을 기원한다고 볼 수 있다. 우리의 삶에서 중요한 시험 전에 깨끗한 물로 정성껏 목욕을 하거나 제사 전에 목욕재계를 하여 마음을 가다듬는 것도 '씻어낸다'는 행동이 가지는 정화의 의미라 할 수 있다.

더러워진 몸을 물에 담가 씻는 행위에는 이전의 과오를 모두 지우고 새로운 마음가짐으로 변화를 디뤄 내겠다는 뜻이 담겨 있다. 내가 실행한 빅배스도 의미는 같았다. 농협금융의 이전 오명들을 떨쳐내고 신뢰받는 금융 기업으로 발전하기 위한 첫걸음을 내딛자는 것이었다.

통상적으로 빅배스는 경영진 교체 시기에 일어난다. 대규모의 회계장부 처리를 통해 전임자에게 실적 부진의 책임을 떠넘기고 후임자는 자신의 성과를 부각시킬 수 있는 기틀을 마련한다. 하지만 나는 내 임기 중에 빅배스를 하겠다고 결단을 내렸다. 이는 모든 불명예와 리스크를 온전히 내가 끌어안겠다는 각오로 일을 처리하겠다는 의미이기도 했다.

중앙회와의 회의는 예상대로 긴장감이 감돌았다. 회의장은 반대의 목소리로 가득했다. 하지만 나는 조급해하지 않았다. 구체적인 데이터와 예측을 기반으로 내 전략을 침착하게 설명했다. 예상되는 손실을 최소화하고 장기적인 회복 전략을 강조해 가며 나의 결정이 믿어 볼 만하다는 점을 적극 호소했다. 차분하게 브리핑하는 동안 나는 속수무책으로 불어날 전망인 손실이 나의 투자 전략으로 상당부분 메워질 것이라는 점을 꼼꼼히 설명했다.

중앙회에서 반대의 목소리가 나오는 것은 당연했다. 농협금융지주 회장의 '실착'은 그 여파가 개인에게만 한정되지 않고, 전체 금융지주와 중앙회에도 영향을 미칠 수밖에 없다. 그러기에 나 역시 이번 결정이 조직 전체에 미치는 영향을 충분히 고려하고, 장기적인 관점에서 성공의 길로 들어설 수 있도록 하기 위해 신중에 신중을 기했다. 그런 과정을 통해 내 선택이 틀리지 않았다는 확신을 세울 수 있었고, 이를 바탕으로 내 결정을 번복하지 않고 밀어붙였다.

"현재의 손실에 대한 두려움을 극복하고 중장기적인 성장을 목표로 삼아야 합니다. 이를 위해 지금이 가장 적절한 시점임을 확신합니다."

손실이 쌓여 모래 위에 지은 집처럼 된 기업이 제대로 성장할 수는 없다. 당장은 무너지지 않더라도 언제든 무너질 위험을 안고 있는 기업에 미래는 없다. 그래서 나는 주주들에게 '부실 상태를 유지하다가는 중앙회 전체의 기반마저 무너질지 모른다'는 점과 '지금 계획한 일을 잘 마무리해 낸다면 기업으로서 시장의 신뢰를 얻을 수 있다'는 점을 내세워 설득해 갔다.

또한 2년간의 임기 동안 시스템 정비를 모두 끝나고 장기적 안목으로 개혁을 이루어 낼 수 있다는 자신감도 피력하면서 장기적인 가치가 무엇인지를 신중하게 설명했다. 얼핏 위태로워 보일지 모르지만, 경보 태세를 갖춰 가면서 시장과 고객에게 농협금융의 전략을 제대로 보여준다면 기업으로서 신뢰를 얻고 성장의 발판을 놓을 수 있다고도 얘기했다.

빅배스 실행 계획을 수립하면서 나는 시나리오별로 워스트(Worst), 배드(Bad), 노멀(Nomal)을 상세히 분석하고 각 경우에 대한 대응 전략을 철저히 준비하라고 지시했다. 이는 예기치 않은 상황에 미리 대처할 준비가 돼 있어야 한다는 평소의 신념에서 비롯된 지시였다. 이 과정에서 분석팀은 다양한 가능성을 염두에 두고 구체적인 대응 방안을 마련하는 데 집중했다.

빅배스 실행 후 농협금융은 곧장 비상 경영 태세에 돌입했다. 전 계열사가 동참해 위기를 정면 돌파하기로 뜻을 모았다. 점포 폐쇄와 일부 사업 중단에 더해 전 계열사 임원들은 기본급의 10%를 반납했고, 계열사별 경비도 20% 감축하는 등의 긴축 경영에 들어갔다. 지금 돌이켜 생각해 봐도 빅배스의 성공은 임금이 삭감되는 것을 감수하며 위기 극복에 동참한 임직원들의 희생과 신뢰가 있었기에 가능했다. 이처럼 기업이 위기를 극복하는 데는 최고경영자의 '시의적절하면서 단호한 결정' 못지않게 조직 구성원의 희생과 열정도 중요하다.

준비된 자만이
기회를 잡는다

"행동 계획에는 위험과 대가가 따른다. 하지만 이는 나태하게 아무 행동도 취하지 않는 데 따르는 장기간의 위험과 대가에 비하면 훨씬 작다."

제35대 미국 대통령 존 F. 케네디는 취임 연설 중 이렇게 말했다. 그의 말대로, 위기를 극복해 나가는 과정에서 무엇보다 경계해야 할 것은 '위험을 감수하지 않기 위해 행동하지 않는 일'이다. 아무것도 하지 않으면 아무것도 얻을 수 없는 것이다. 물론 '막무가내 행동'을 삼가야 한다. 비상시든 평상시든 섣부른 행동에는 무질서와 무리수가 뒤따르고, 이런 움직임으로는 바람직한 결과를 얻을 수 없기 때문이다. 그러나 충분히 계획하고 행동하면 결과는 확연히 달라진다. 위기에서 벗어날 수 있는 돌파구도 마련할 수 있다.

내가 빅배스 실행 계획을 수립할 때도 딱 그랬다. 당시 내 계획은 위험 부담이 크고 비용도 많이 드는 일이었다. 그러나 직원들과 머리를 맞대고 위험과 비용을 조금이라도 줄일 수 있는 방법, 예상되는 갖가지 변화와 돌발변수 그리고 그에 대한 대처 방안, 단기와 장기로 나누어진 세부 계획 등을 철저히 준비한 터라 성공할 자신이 있었다. 만약 그때 그 같은 결단을 내리지 못해 아무것도 하지 않았다면 농협은 결코 지금만큼의 성장을 이룰 수 없었을 것이다.

경영에서는 비용에 대한 두려움으로 기초 설겨를 게을리해서는 안 된다. 비즈니스에서 모든 일은 예상보다 긔 많은 비용과 시간을 소모하게 마련이다. 이것이 마음에 들지 않는다고 사업을 멈출 수는 없는 법이다. 결국 경영은 과감한 투자로 미래를 만들어 가는 일이다.

결과적으로 내가 한 일은 위험에 즉각적으로 유연하게 대응할 수 있는 회사를 만드는 것이었다. 위기에 맞닥뜨렸더라도 이를 극복해 내면 이후에 비슷한 위기가 또다시 닥쳤을 때 앞서의 경험을 토대로 합리적인 대처 방안을 마련할 수 있다는 것이 나의 경영 철학이다. 경험을 쌓고 노하우를 전략으로 만들면 그것이 곧 기업의 성공을 위한 자산이 된다.

빅배스 도입 직후 농협금융 불황에 대한 기사가 연달아 쏟아졌지만, 적자 오명은 그리 오래가지 않았다. 당시 내 컴퓨터의 화면에는 늘 농협금융의 손실 규모와 자산 구조의 변화를 보여주는 재무 보고서가 펼쳐져 있었다. 그 보고서들은 하루가 다르게 주주와 시장의 신뢰를 얻은 가운데 장기적으로 재무 안정성을 확보해 가는 과정을 수치로 명확히 보여줬다.

위급한 사태는 늘 예상 가능한 범위 밖에서 갑자기 일어난다. 그런데 이에 맞서는 예측은 언제나 불확실성을 동반한다. 이처럼 불확실한 상황에서 감각적으로 판단하고 급하게 행동하는 것은 도박이 되기 쉽다. 반면 철저히 준비한 뒤 하나하나 유연하게 대응하면 위기 속에서 새로운 기회를 찾을 수 있다.

이때 경영인의 역할이 중요하다. 경영인은 이미 알고 있는 것을 관리하는 사람이 아니다. 경영인은 알지 못하던 것에도 대응할 수 있어야 한다. 그리고 기회는 대개 알지 못하던 것에 숨어 있다. 기회는 절대 기회라는 이름으로 다가오지 않는다. 훗날 돌아보았을 때 그것이 일생의 기회였음을 알게 될 뿐이다.

여기서 핵심은 언제 다가올지 모를 기회를 놓치지 않기 위해서는 다방면으로 치밀하게 계획하고 대비해 놓아야 한다는 것이다. 기회는 누구에게나 공정하게 찾아온다. 만약 자신에게 기회가 오지 않았다고 느낀다면, 그것은 기회를 못 만난 것이 아니라 잡지 못한 것일 가능성이 크다. 준비를 안 해 둔 탓이다. '하늘은 스스로 돕는 자를 돕는다'는 우리 속담이나 '준비된 자만이 기회를 잡는다'는 로마 속담이 괜히 생긴 것이 아니다.

실패에서 얻은 '경험'과 '준비'가
성공의 열쇠다

일상생활에서 돈을 잃는 것은 두려운 일이다. 막대한 적자를 눈앞에 두고도 먼 미래를 예견하며 태연할 수 있는 사람은 드물다. 전문 경영인에게도 기업의 성장과 관련된 위헉 신호를 맞닥뜨리는 것은 두려운 일이다.

건축을 할 때 기초 지반을 다지는 데 비용이 드는 것은 당연하다. 따라서 경영에서도 단단한 내실 강화를 위해 사용된 자본은 실패의 지표에 포함되지 않는다. 또한 완패를 예감하고 경영에 뛰어드는 사람은 없고, 경영의 시작부터 막대한 손실을 먼저 계획하지도 않는다. 하지만 경영을 하다 보면 예상치 못한 손해를 보기도 한다. 그러나 '의미 없는 실패는 없다'는 것이 내 지론이다. 실패를 통해 교훈을 얻을 수 있다면 실패에도 가치가 있다.

현대 경제의 화두 중 하나인 '벤처(venture)'의 사전적 의미는 "모험이 필요하나 높은 수익이 예상되는, 참신한 사업이나 투자의 대상"이다. 즉 벤처는 실패할 우려가 큰 기업 형태다. 그러나 우리는 벤처에서 '실패'보다 '모험'을 먼저 떠올린다. 벤처 기업이 아닌 일반 기업도 마찬가지다. 회사를 송두리째 망가트릴 정도가 아니라 충분히 수습할 수 있는 실패는 도전과 모험의 한 과정으로 볼 필요가 있다. 기업에 찾아온 기회를 알아보기 위해서는 사전에 그만한 기반이 갖춰져 있어야 하는데, 이러한 기반은 실패의 경험이 거듭되며 쌓이기 때문이다.

겨울에 빙판길을 가다 넘어지거나 등산길에서 돌부리에 걸려 자빠지는 등의 사고는 경험이 돼 내 몸에 기억된다. 그리고 이런 경험은 지혜가 돼 이후 유사한 사고를 예방해 준다. 쌓인 경험이 풍부할수록 실패의 우려는 줄고 성공의 확률이 높아지는 것이다.

사무실에 앉아 업무 메일을 작성하고 있는 회사원이 사실 많은 사람의 심금을 울리는 대작가로서의 재능을 가졌을지 모를 일이다. 사람은 도전해 보지 않은 분야에서의 성공을 짐작할 수 없다. 성공을 이루는 것은 돌연 찾아오는 기회와 기회를 낚아챌 행동력, 그리고 코앞까지 다가온 기회를 알아차릴 풍부한 경험의 집합이다.

농협금융도 그랬다. 위기에서의 과감한 결단과 철저한 준비가 농협금융의 성공적인 회복과 성장을 이끌었다. 결국 미래의 기회를 잡기 위해서는 현재의 위험을 감수하고 철저한 준비를 통해 대응하는 것이 중요하다. '경험'과 '준비'가 성공의 열쇠다.

도전하지 않는 성공은 존재하지 않는다는 것을 잊지 마라. 두드려라, 그래야 열린다.

변화가 발전을 가져오고, 발전하는 기업만 성공한다

2017년 새해 벽두, 나는 새롭게 맞이하는 한 해를 반기며 농협금융 직원들을 향해 "연비어약(鳶飛魚躍)의 한 해를 만들어 가자"는 신년사를 전했다. 연비어약은 "솔개가 날고 물고기가 뛴다"는 뜻으로, 개인 혹은 조직의 비상과 도약을 바라는 경구로 많이 쓰인다. 아울러 온갖 동물이 자기들의 생활 공간에서 삶을 즐기듯이 사람도 각자의 위치에서 최선을 다할 때 존재 가치가 빛난다는 점을 비유적으로 나타낸다. 이 때문에 나는 용기와 활력이 필요한 상황에서 사람들에게 동기부여를 할 때 종종 이 사자성어를 인용한다.

그날 건물 밖으로 나오자 겨울의 한기가 덮쳐 옷깃을 곧추세우게 했다. 며칠 전과는 공기의 흐름이 확 달라져 있었다. 새해를 맞이한 거리에는 평소보다 많은 인파가 몰려 바쁘게 움직였다. 그들의 부지런한 발걸음에 섞여 나는 묘하게 들떠 있었다. '새롭다'는 말은 늘 마음을 설레게 만든다. 새로움은 지난날과 다르게 무엇이든 될 수 있다는 가능성을 품고 있다. 나는 그런 새로움이 너무 좋다.

2016년 우리는 빅배스를 통해 부실채권을 정리하고 농협금융지주사 설립 이후 최대 실적을 기록했다. 위기를 새로운 기회로 만드는 계획을 실천해 가는 동안 우리 조직은 어느 때보다 일에 몰두했다. 우리에게 닥친 위기는 우리 조직이 하나로 단합해 내실을 단단하게 다지게끔 만들어 주었고, 부실했던 지난 체계들을 바로잡아 시스템의 효율성을 강화하는 기회로 작동했다. 위기를 기회로 계획해 행운을 만드는 데 성공한 것이다.

다시 사무실로 돌아왔을 때 건물 내부 가득 찬 활기가 느껴졌다. 겨울의 한가운데에 있는 계절임에도 사람들이 만들어 내는 온기가 피부에 와 닿았다. 지난 1년 동안 자리 잡은 단결의 분위기와 신년의 훈훈한 열기가 맞물려 좋은 공기를 만들어 내는 듯했다. 활기찬 직원의 인사 소리와 함께 새해가 밝았음을 다시 실감했다.

2016년 한 해 동안 내실 강호에 힘을 쓴 결과 농협금융은 안정적인 이윤을 확보할 수 있게 됐다. 주위에서 나의 판단력과 결단력을 칭찬하는 말이 들려왔고, 언론에서도 이를 부실자산 정리의 성공 사례로 보도했다.

좋은 쪽으로 관심의 대상이 된다는 것은 기뻐할 만한 일이었다. 산업 전망에 있어서 뒤쳐져 있던 농협금융이 이전과 달리 시중은행들과 경쟁을 벌일 수 있을 정도로 신뢰의 기반을 갖쳤다는 것을 의미했기 때문이다.

일각에서는 이제 막 정상궤도에 오른 만큼 상황을 좀 더 살피며 몸을 사릴 때라는 목소리도 있었지만 나의 생각은 달랐다. 내게는 농협금융이 지금 이상으로 발전할 수 있다는 가능성이 보였다. 아울러 기업의 영업이익이 안정권에 접어들었다고 해서 이익 추구를 멈추는 것은 바보 같은 판단이라는 생각이 들었다. 그런 멍청한 경영인으로 남을 수는 없었다.

"성공적인 기업가만큼 자기 자신을 개혁할 필요가 있는 사람은 없다."

스타벅스의 회장 하워드 슐츠가 한 말이다. 이 말은 기업이 모험을 해야 할 때가 위기 상황에만 국한된 것이 아님을 얘기한다. '물 들어올 때 노 저어라'는 말처럼 기회가 찾아왔을 때 망설이지 말고 적극적으로 행동해야 한다.

성공하는 기업은 발전 과정에서도 끊임없이 개혁하고자 한다. 변화가 곧 발전을 가져오며 발전하는 기업만이 성공하기 마련이다. 농협금융은 시중은행들에 비해 후발주자인 만큼 더 높은 성장의 폭을 그리기 위해서는 혁신적인 변화가 필요하다고 판단했다. 그리고 참된 경영인이라면 그 변화를 진두지휘해 반드시 성장을 이뤄 내야 한다고 생각했다.

나는 작은 목표가 아닌 큰 계획을 그렸다. 전 직원이 뭉쳐 위기를 극복해 가며 예상 밖의 위기에도 대처할 경험을 축적했고, 이를 바탕으로 더 높이 도약할 수 있는 기반도 단단히 다져 놓은 터였다. 그러기에 큰 그림을 그리는 것이 그다지 두렵지 않았다. 2016년이 농협금융의 재도약 기반을 마련한 해였다면, 새롭게 시작하는 해는 벽에 그린 용 그림에 눈동자를 그려 넣을 실행력만 남겨둔 시점이었다.

신산업을 이끄는 혁신과
이를 가로막는 묵은 시스템

2016년에서 2017년 무렵, 한국 사회에서는 비트코인을 중심으로 한 가상자산 시장이 급속도로 확산되기 시작했다. 특히 젊은 세대를 중심으로 관심과 투자가 폭발적으로 늘어났고, 이는 기존 금융권에서도 외면할 수 없는 거대한 파도였다.

당시 사회적 인식은 극명하게 엇갈렸다. 법무부 장관이 가상자산 거래를 도박이나 사기에 비유하며 폐쇄까지 언급했고, 정부 역시 국무조정실을 중심으로 규제 방안을 고심하고 있었다. 금융위원회와 금융정보분석원(FIU)도 예의 주시하고 있었으나 제도는 시장의 속도를 따라가지 못하는 상태였다.

그런 혼란 속에서 농협금융지주 회장으로서 내가 내린 판단은 비교적 명료했다. 가상자산 시장은 일시적 유행이 아니라 전 세계적으로 확대될 '신산업'이라는 점이었다. 그렇다면 금융기관이 할 일은 무작정 배제하는 것이 아니라 관리 가능한 제도권 영역 안으로 끌어들이는 것이라 보았다.

가상자산거래소에서의 실명 확인과 자금 세탁 방지 의무는 그 출발점이었다. 농협은행이 거래소의 실명 확인 은행 역할을 맡는다면 고객 보호와 투명성 강화라는 공적 기능을 수행함과 동시에 새로운 수수료 수익과 젊은 고객 유입이라는 기회를 창출할 수 있다고 판단했다.

내부 데이터를 들여다보니 흥미로운 사실도 확인할 수 있었다. 농협은행의 젊은 직원들과 고객들 중 상당수가 이미 가상자산에 투자하고 있었다. '농협은 보수적이다'라는 외부의 시선과 달리 실제 고객층은 이미 변화의 한복판에 서 있었던 셈이다. 나는 이 흐름을 선점해야 한다고 확신했다.

그리고 이를 실행한 결과 농협은행은 2017년에 '빗썸'과 '코인원'이라는 국내 주요 거래소들에 가상계좌를 제공하고, 이어 도입된 실명 확인 입출금 서비스를 국내 최초로 안착시켰다. 미성년자 거래 금지와 투명한 실명 거래 구조를 선제적으로 도입했고, 금융당국과도 긴밀히 소통하며 절차를 진행했다. 이는 농협금융이 신산업에 얼마나 기민하게 대응할 수 있는지를 보여준 상징적인 사례였다.

이 결정 이후 농협에 대한 인식에도 변화가 일었다. 수많은 2030세대 고객이 유입됐고, 가상자산이라는 핀테크 영역에서 농협이 가장 개방적이고 진취적인 금융기관이라는 이미지를 얻었다. 실명 확인에 따른 수수료 수입 역시 상당한 수준이었다.

그러나 시간이 흐르며 아쉬운 결과도 남았다. 농협은 초기의 선점 효과를 끝까지 지키지 못했다. 타 시중은행 더비 보수적인 내부 통제와 엄격한 자금 이동 기준이 거래소와 투자자들에게 부담으로 작용한 탓이다. 결국 시장이 재편되는 과정에서 코인원은 케이뱅크로 파트너를 변경했고, 오랜 동반자였던 빗썸마저 최근 KB국민은행으로 실명계좌 은행을 옮겼다.

두 대형 거래소를 모두 떠나보내게 된 것은 농협금융지주 전임 회장으로서, 또 개인적으로도 못내 아쉬운 대목이다. 수수료 수입을 잃은 것만을 말하는 것이 아니라 디지털 금융의 최전선에서 쌓아 올린 '혁신'의 상징성을 놓친 셈이기 때문이다. 신산업을 선점했던 결단이 조직 문화의 유연함으로 계속 이어지지 못한 점은 뼈아픈 교훈으로 남는다.

현재 가상자산 시장은 스테이블 코인, 토큰 증권(STO) 등 또 다른 국면으로 접어들고 있다. 「가상자산 이용자 보호에 관한 법률」이 시행됐고, 글로벌 스탠다드에 맞춘 규제와 육성책이 논의되고 있다. 미국과 일본 등 주요국은 이미 가상자산을 금융 시스템의 일부로 편입시켰다. 한국은 다소 늦었지만 이제라도 본격적인 제도화의 길로 들어서고 있다.

돌이켜 보면 2017년 농협이 빗썸, 코인원과 손잡았던 선택은 단순한 사업적 판단을 넘어 닫혀 있던 문을 가장 먼저 열어젖힌 시도였다. 비록 그 성과를 영구히 독점하지는 못했으나, 신산업과 묵은 시스템이 어떻게 공존해야 하는지에 대해 묵직한 화두를 던진 경험이었다고 자부한다.

생각한 후 움직이지 말고
움직이며 생각하라

'나토(NATO)'는 'Not Action Talk Only'의 줄임말로, 말만 하고 행동하지 않는 삶을 지양하려는 마음가짐에서 비롯된 내 인생철학이다. 즉 '내가 한 말은 반드시 행동으로 책임져야 한다'는 뜻이다.

2017년 무렵 내가 가장 주력하던 사업은 핀테크(fintech)였다. 임원진과의 회의 석상에서 나는 농협의 대표 플랫폼인 '올원뱅크'의 다음 단계를 만들어야 한다고 목소리를 높였다. 농협은 업계의 후발주자였기 때문에 변화의 전략을 도입한다면 당장 행동을 개시해야 했다.

고객의 기대를 만족시키기 위해서는 이미 있던 것을 포함해 더 좋은 것을 보여줘야 한다. 당시 국내의 금융 핀테크는 송금과 잔액 조회 등의 기본 기능만을 제공했고, 복잡한 인터페이스로의 접근성이 나빠 고객 신뢰를 얻지 못하고 있었다. 이 때문에 고객들은 낯설고 어려운 앱을 사용하기보다 익숙한 대면 방식을 선호하는 성향이 강했다. 그래서 나는 올원뱅크를 고객 친화형으로 만들어 접근성을 넓히고자 했다.

당시 '알리페이'가 중국 내 모바일 결제시장 점유율 50% 이상을 차지하고, 국내에서도 '삼성페이' 등이 보편적으로 결제 서비스를 제공하고 있는 만큼 더는 결제 시스템이 은행의 전유물일 수는 없었다. 이제 고객에게 필요한 건 뱅크가 아닌 뱅킹 서비스였다.

곧바로 나는 계획을 수행하기 위해 IT 부서장을 호출해 회의를 진행했다. 우리는 머리를 맞대고 올원뱅크의 기능을 강화하기 위한 솔루션 연구에 돌입했다. 회의의 서두에서 나는 내 임기 동안 핀테크를 이용해 농협금융에 혁신을 불러오겠다고 약속했다. 뱉은 말은 지킨다는 나의 의지가 반영된 발언이었다.

올원뱅크 기능 강화를 위해 나는 프로젝트팀의 구성을 지시했다. 이에 따라 디지털 금융 전문가와 데이터 분석가, UX/UI 디자이너, 그리고 소프트웨어 개발자들로 꾸려진 특별한 팀이 만들어졌다.

나는 우선적으로 IT 부서에 올원뱅크의 인터페이스를 좀 더 직관적으로 변경하도록 지시했다. 우리보다 먼저 시장에 출범한 동종 업계의 상품을 유심히 살펴봤을 때 사용자 메뉴가 일관성 없이 복잡한 경우가 많았다. 그런 점에서 우리로서는 금융 전문 지식이 없는 일반 고객이 접했을 때도 이해하기 쉬운 간결한 디자인으로 설계해 고객 편의를 높이는 것이 선결 과제였다. 남들에게 없는 것을 가지고 있어야 경쟁에서 우위를 점할 수 있는데, 나는 남들에게 없는 것의 첫 번째를 '편리함'으로 봤다.

또한 새로운 서비스를 제공할 때는 기업을 대표하는 핵심이 있어야 한다. 나는 그 핵심 중 하나로 '디지털'을 생각했다. 농협에는 이전부터 전통적인 이미지, 즉 으스갯소리로 '시골스러운 느낌'이 강하게 박혀 있었다. 이 때문에 디지털 금융회사 전환에 대해 막연한 의문을 가지는 시선이 적지 않았다. 하지만 나는 농협금융이 더 많은 분야로 입지를 넓혀 갈 수 있을 것이라고 믿었고, 이는 디지털 금융 강화를 통해서만 가능하다고 생각했다. 즉 농협금융이 선도 금융그룹으로 자리매김하기 위해서는 고객들이 올원뱅크에서 농협만의 특징을 볼 수 있어야 한다고 판단했다. 그런 마음으로 관련 기술을 연구하도록 지시했다. 나 또한 시시때때로 아이디어를 전했다.

얼마 후 각 분야의 전문가가 모여 고심해 제작한 첫 시안이 나왔다. 기존의 복잡한 메뉴를 단순화하고, 자주 쓰는 메뉴를 최상단에 표시하는 등 예전보다 훨씬 알기 쉬워진 인터페이스였다. 나는 개발 화면을 시연해 본 후 "무엇보다 중요한 것은 고객 입장에서 편리한 디자인"이라고 피드백하며, 이 부분에 좀 더 신경 쓸 것을 주문했다.

그리고 나는 고객 서비스팀과 협력해 개발 중인 앱으로 고객과의 시뮬레이션을 시도했다. 아울러 문의 창구를 통해 고객이 이용하며 느낀 불편함을 즉각 확인해 이를 바로바로 반영토록 했다. 나는 핀테크 사업에서 전문가들의 의견보다 중요한 것은 실제로 앱을 사용하는 고객의 욕구라고 생각했다. 그래서 실제로 앱을 사용할 사람들이 원하는 것이 무엇인지 현장에서 확인하는 작업을 게을리하지 않았다. 즉 올원뱅크 개선 작업은 고객이 진짜 필요로 하는 서비스가 무엇인지 확인하고, 이를 수용하기 위해 우리는 무엇을 준비해야 할지를 고민하는 과정이었다.

여기에 고객의 편의만큼 중요한 또 하나의 과제가 있었다. 보안 문제였다. 특히 금융 시스템의 보안이 취약하면 은행에 대한 신뢰까지 흔들리고 만다. 그래서 유난스러울 만큼 기술 개선에 신경을 기울인 것이 보안과 안전성 부분이었다. 안전한 금융 거래를 위해 많은 금융 전문가와 논의하고 숱한 검증 끝에 이전까지 없던 최신 보안 프로그램을 개발해 이를 올원뱅크 보안 검증에 적용했다.

나는 고객들에게 더 나은 서비스를 제공하기 위해 핀테크 개발에 직접 참여하기도 했다. 고객의 편의와 안전에 집중하며 이전에 없던 차별성에 대해 고민을 거듭했다. 이전에 없던 것을 만들어 내는 것은 쉬운 일이 아니다. 그러나 우리는 닮은 문제점을 도출하고 이를 수정해 가면서, 그동안 머릿속에 그려둔 것 이상의 이미지를 재현하려고 애썼다. 여러 차례 회의를 가졌고, 각 부서의 브리핑을 들은 뒤 아이디어를 보충해 보완에 보완을 거듭했다.

그리고 마침내 2017년 6월, 오랜 노력 끝에 올원뱅크의 베타

판이 내부 테스트를 통과했다. 이제 고객들에게 직접 선보일 준비가 거의 갖춰진 셈이었다. 나는 직접 새로 추가된 기능들을 사용자의 시점에서 시연해 보며 원활하게 작동하는지 점검했다.

그렇게 각고의 노력 끝에 출시된 올원뱅크는 큰 호응을 얻었다. 출시 20개월 만에 가입자 수가 200만 명을 돌파했다. 여기에다 간편송금 건수가 급속히 증가하는 등 우리는 눈에 보이는 지표로 고객 만족도를 체감할 수 있었다. 이전에 없던 금융 통합 플랫폼의 편리함을 고객의 욕구에 정확히 맞춰 제공한 성과였다.

나는 여기서 멈추지 않았다. 실시간 모니터링으로 추가된 기능과 관련한 고객의 반응을 점검해 개선 사항들에 대해 지속적으로 피드백을 했다. 이런 발빠른 대응은 이미 굳건하게 다져 있던 핀테크 시장에서 후발주자인 농협이 굳건하게 뿌리를 내릴 수 있던 원동력이 됐다. 고객에게 필요한 것을 알아차리는 분석 능력과 사용자의 시각에서 끈기 있게 꾸준히 대응했던 것이 성공의 발판이 된 것이다.

올원뱅크의 성공을 바탕으로 나는 농협금융에 핀테크를 내세운 디지털 사업을 계속 추진해 나갔다. NH빅스퀘어를 설립해 새로운 아이디어를 발굴하고 프로젝트를 확장하기도 했다. 이를 통해 농협금융은 후발주자가 아닌 디지털 금융의 선두주자로서 새로운 도약을 시작했다.

사업에서 시장의 요구를 정확히 파악하는 능력은 시대를 막

론하고 언제나 성공의 문을 여는 열쇠가 된다. 또한 현대사회에서는 이미 지형이 단단히 굳어 있는 시장에서 틈새를 포착해 새로움을 만들어 내는 것이 아주 중요해졌는데, 이는 '경영인의 통찰력'에 의해 좌우된다.

지금의 산업 시장은 한 치 앞을 내다볼 수 없는 불확실성의 시대다. 미래에 대한 불안과 걱정이 희망보다 크게 느껴질 정도다. 디지털 전환과 플랫폼 경제의 확산으로 산업 간 경계가 허물어지면서 기존 기업들은 어느 하나 긴장의 끈을 놓을 수 없는 형편이다.

전통적으로 높은 전문성을 요구하던 금융 산업 격시 예외가 아니다. 진입장벽이 낮아지고 비(非)금융권 기업들까지 금융 서비스를 제공하면서 은행은 금융 산업의 중심적 위치를 점차 잃어가고 있다.

이처럼 사회와 산업 구조가 동시에 요동치는 시대에, '변화'는 오늘날 경영인들이 반드시 풀어야 할 가장 중요한 과제가 됐다.

변화도 보통의 변화로는 안 된다. 지금의 시장은 그 이상의 변화를 요구하고 있다. 과거처럼 1등을 따라가는 벤치마킹으로는 살아남을 수 없는 세상이다. 단순한 사고의 한계를 뛰어넘어야 한다.

농협금융의 디지털 사업에서 나는 끊임없이 변화의 가능성을 찾기 위해 노력했다. 그 과정에서 깨달은 것 가운데 하나가 '시장 변화를 주도하기 위해서는 트렌드에 편승하는 것 이상의 통찰력이 필요하다'는 것이었다. 기술과 소비자의 욕구는 계속해서 진화하고 있다. 이를 충족시키기 위해서는 빠르게 뒤따르는 것이 아니라 아예 앞으로 뛰쳐나가 트렌드를 창출해 가며 선도적으로 이끌어야 한다. 그러기 위해서는 사고의 혁신이 필요하다.

하지만 이러한 통찰력도 실행력이 뒷받침되지 않으면 무용지물이다. 농협금융이 한 발 늦은 출발이었음에도 디지털 사업에서 성과를 거둘 수 있었던 것도 시장을 내다본 통찰력과 끈기 있게 사업을 벌여 나간 실행력이 시너지를 낸 결과다. 과거에는 충분히 생각하고 움직여도 늦지 않았지만, 현대사회는 움직이며 생각해야 뒤처지지 않는 시대다. 'Not Action Talk Only'다.

고객이 원하는 것을
팔아라

올원뱅크가 큰 호응을 얻은 무렵 나는 본격적으로 농협금융의 해외 사업 진출을 모색했다. 나는 농협금융의 차별성을 글로벌 시장에서 어떻게 발현시킬지에 대해 구체적인 질문을 스스로에게 던졌다. 그러고는 해외 금융 기관들과의 차별화는 어떤 방식으로 가능할지, 농업과 금융의 융합이 새로운 가치 창출로 이어질 수 있을지를 면밀히 검토했다.

이미 해외에 한발 앞서 포진해 있는 다른 금융기관들이 가지지 않은 농협금융만의 차별성은 어디에서 찾을 수 있을까? 그 고민을 담은 전략이 바로 '농협금융 Only-One 전략'이었다. 이는 농업과 금융 부문을 융합한 독특한 사업 모델이다. 말 그대로 하나뿐인, 농협금융이 해외 시장에서 다른 금융들 위에 우뚝 설 수 있게 만드는 방법에 대한 연구였다.

빅배스 이후 나는 차근차근 농협금융의 내실을 강화해 갔다. 안정적인 재무 환경이 구축되면서 경영자인 나는 한결 마음이 가벼워졌다. 그리고 한층 편해진 마음으로 이전부터 계획해 오던 사업을 진행할 수 있었다.

'Only-One' 전략을 실행하기에 앞서 나는 취임 초기부터 농협금융의 해외 진출 시장으로 동남아지역을 눈여겨보았다. 당시 동남아시아의 많은 국가가 빠른 경제 성장세를 보이며 개발에 큰 관심을 쏟고 있었다. 특히 많은 국가가 농업을 주요 산업으로 선택하고 있다는 것이 주목할 점이었다. 농협은 오랫동안 농업 분야의 기술과 지식을 축적해 왔다. 내 눈에는 이 시장에서 다른 경쟁사에는 없는 농협만의 무기, 즉 농협이 가진 농업 기술을 선보일 수 있는 가능성과 기회가 선명하게 보였다.

동남아시아 국가들에 농업이 주요 산업으로 자리 잡고 있다는 것은 농협이 이미 갖추고 있는 관련 서비스에 대한 수요가 많다는 뜻이며, 농협의 경험과 전문성은 이 요구를 충족할 수 있었다. 무엇보다 우리가 펼칠 전략에서 그려둔 '농업과 금융의 융합 모델'은 농협만이 가진 독보적인 경험과 전문성으로 구현된 모델로서 전 세계 시장에서도 우위를 선점할 수 있는 무기가 돼줄 것이 확실했다.

사업 방향을 구체화한 뒤 나는 우선 현지 시장 조사와 분석을 실시했다. 동남아시아가 농업 부문의 경제 성장을 빠른 속도로 이루고 있었지만 각국의 경제 성장 속도는 천차만별이었고, 사회적 상황 또한 차이가 컸다. 그렇기 때문에 각국의 농업과 금융 서비스에 대한 수요와 시장 가능성을 파악할 필요가 있었다. 우리의 진출 시장으로 몇 개국을 선별해 각국의 금융 시스템과 농업 환경, 경제 성장 가능성을 심층 분석해 각국에 적합한 사업 모델을 구상했다.

외부 시장 분석이 어느 정도 마무리된 후 나는 내부로 시선을 돌렸다. 농협금융은 단일 금융기관이 아닌 농협중앙회, 농협경제지주와 밀접하게 연관된 조직이었기 때문에 해외 진출에는 여러 자회사의 협력이 필수적이었다. 나는 각 자회사들과의 접촉을 통해 자금 조달과 인력 배치 등을 조율했다. 이 과정에서 내부 경영진과의 긴밀한 협의가 이루어졌고, 각자의 역할 분담을 명확히 해 농협금융의 현지 진출에 대한 법적 계약 등을 재검토했다. 준비는 장기간에 걸쳐 순조롭게 이루어졌다.

글로벌 전략 부서를 중심으로 현지 금융기관과 여러 차례 사전 실무회의를 거쳐 최종 계약을 체결한 뒤 나는 즉시 동남아시아 3개국(베트남, 미얀마, 캄보디아)을 일주일간 방문했다. 농업과 금융을 융합한 글로벌 사업 모델의 구체적인 협력 방향을 논의하고 현지 기업 및 정부와 파트너십을 강화하기 위함이었다.

자신만의 강점을 살려 사업 계획을 세울 때는 주 고객으로 상정한 상대의 특성을 면밀히 파악해야 한다. 내가 해외 진출 대상지로 동남아시아를 선정한 것도 이에 기반한 것이었다. 그중 베트남 시장에 주목한 이유는 그들의 은행 이용 패턴에서 이제까지 없었던 사업 모델을 펼칠 기회를 발견했기 때문이다. 예를 들어 베트남에서는 현지 최대 국영 은행인 'Agri Bank'와 협력해

'무계좌 송금 서비스'를 개발했다. 이 발상은 베트남에서 많은 사람이 은행 계좌를 보유하고 있지 않다는 사실을 감안해 제품화를 실현한 사례다.

베트남에서는 은행 계좌 보유율이 낮아 많은 국민이 현금 송금을 선호했다. 현지 금융 시스템과 관행을 직접 경험하면서 내 머릿속에 명확한 해결책이 떠올랐다. 신규 사업을 개발할 때는 기존 방식에서 고객이 느낀 불편함을 공략하는 것이 제일이다. 의식하지 못했던 불편함을 공략하면 새로운 방식도 수월하게 받아들이게 된다.

나는 베트남 국민의 금융 서비스 접근성 문제를 실감하면서, 은행 송금의 접근성을 높이면 한국에 거주하는 베트남인들도 고국의 가족에게 은행 계좌 없이 더 쉽게 송금할 수 있을 것으로 확신했다. 이러한 배경에서 농협금융과 Agri Bank는 송금 서비스를 보다 접근성 높고 유연하게 제공하는 방식을 고민했다. 그 결과 한결 저렴하고 간편한 송금 서비스를 제공하기 위해 중계 회사를 통한 복잡한 송금 과정을 줄이고 두 은행 간의 직접 송금 방식으로 수수료를 없앴다. 이를 통해 고객들은 더 빠르고 저렴한 서비스를 제공받을 수 있었다. 이렇듯 나는 대상지 선정뿐 아니라 사업 모델에서도 그 나라의 특성을 바탕으로 금융 이용 패턴과 선호도를 분석해 고객의 욕구를 면밀히 관찰했다.

우리는 베트남에서의 성공에 만족하지 않았다. 우리가 가진 기술을 더 넓게 확장할 무대를 찾았다. 베트남에서 성공적인 협력을 축하하며 나는 기대와 설렘을 안고 미얀마로 발걸음을 옮겼다.

미얀마의 HTOO 그룹과 사업 협력 MOU를 체결해 선보인 '농기계 할부금융 서비스' 역시 현지의 특수한 경제적·사회적 상황을 고려한 전략에서 비롯됐다. 미얀마는 농업이 주요 산업이지만 농기계 보급이 부족했다. 그런 탓에 미얀마의 농민들은 대부분 수작업에 의존하고 있었다. 농기계 보급이 저조해 미얀마의 농업 생산성이 낮았고, 이를 해결하기 위한 금융 지원이 필요했다. 이 시점에서 우리의 대상 고객, 즉 미얀마 국민이 가장 원하는 것이 무엇인지 고민했고, 그 답은 명쾌했다. 나는 HTOO 그룹 측에 농기구 대여 사업을 금융 서비스와 결합하는 모델을 제안했다. 농기계 대여에 필요한 금융 지원을 통해 고객의 부담을 줄이는 방식이었다.

단순히 농기계를 대여하는 것에 그치지 않았다. 우리는 할부 금융을 적용하거나 농업 관련 다양한 금융 상품을 제공하며 미얀마의 장기적인 농업 경제 발전을 도모하고자 했다. 또한 나는 이 사업에서 우리의 시장을 더 장기적으로 이끌어 갈 틈이 있을 것으로 확신했다.

농업이 주요 산업이지만 농업 기반 시설이 부족한 미얀마의 특성을 감안할 때 농협의 강점을 최대로 이용할 수 있을 것이라 여겼다. 우리 농협은 오랜 역사를 통해 농업 관련 서비스와 제품에 풍부한 지식을 축적했다는 강점을 가졌다. 이를 바탕으로 나는 농협경제지주 계열사인 농우바이오와 협력해 종자 유통과 판매 사업을 진행했고, 농업 전반에 걸친 지원을 제공하고자 했다.

이러한 종합적인 사업 모델은 미얀마의 경제 상황과 농업 환경에 맞춘 맞춤형 전략으로, 농협금융이 미얀마에서 성공적으로 사업을 확장할 수 있는 기반을 마련해 주었다.

앞선 베트남과 미얀마에서의 여정을 복기하며 나는 캄보디아행 비행기에 앉아 창밖을 바라봤다. 시야로 한가득 동남아시아 대지의 푸르른 빛이 들어왔다. 장관이었다. 마음 한구석에서 새로운 결의가 조금씩 꿈틀거리기도 했다.

'Only-One' 전략의 실행에서 우리가 품은 목표에는 끝이 없었다. 나는 내 경영 원칙을 한층 더 확실히 펼쳐 보이고, 우리의 성과를 넓히겠다는 욕심을 품고 있었다. 앞선 두 나라와의 협력이 순항하고 있는 그때, 이번에는 캄보디아에서 새로운 장을 열려고 했다.

캄보디아 대지를 밟자 따뜻한 공기가 가장 먼저 우리를 맞이했다. 사업 동료들과 반가운 인사를 나눈 뒤 내가 첫 목적지로 발길을 옮긴 곳은 프놈펜의 우정통신브였다. 앞서 한 차례 협력 사업을 논의하기 위해 캄보디아 우정통신부 측이 서울 충정로의 농협금융을 방문한 적이 있다. 당시 우리는 본사 회의실에서 현지 소액 대출업과 우체국을 연계한 농업 금융 사업 모델을 함께 검토했다. 그리고 바로 그날, 당시 논의된 사업을 재점검하기 위한 자리를 만들었다. 나는 직원의 안내에 따라 회의실 안으로 들어섰다. 건물 내부를 둘러보는 동안 나는 이번 만남이 단순한 의례적 행사가 아닌, 양국의 미래 사업을 도모할 중요한 협력의 시작점이 될 것이라 예감했다.

캄보디아 우정통신부의 회의실은 꽤 격식 있게 마련돼 있었다. 그들이 내어준 현지의 차를 받아들자 곧 회의가 시작됐다. 캄보디아 측 관계자들은 지난 만남 이후로 우리 쪽에서 논의가 얼마나 진행됐는가에 대해 가장 먼저 관심을 보였다. 나는 우리의 사업을 위해 준비해 온 자료를 꺼내 보이며 계획을 공유했다. 특히 캄보디아의 농업 발전을 위해 설계한 금융 모델과 이를 통해 달성하고자 하는 사업의 최종 목표를 설명했다. 이후 양측의 적극적인 대화가 오갔다.

그 회의에서 우리는 캄보디아의 농업 특성과 금융 시스템을 고려한 맞춤형 전략으로 소액 대출 사업을 중심으로 한 금융 서비스 통합 모델을 제안했다. 캄보디아는 농업이 국가 경제의 중심인 데다 국민들의 금융 접근성이 낮은 상황이 주목할 문제였다. 은행 계좌를 가지고 있는 사람이 적을 뿐만 아니라 금융 상품 또한 부족했다. 일반인이 사업을 시작하면서 대출을 받으려 해도 심사조차 거치기 어려운 형편이었다.

하지만 우리 농협금융은 농업과 관련한 기술과 금융 노하우를 바탕으로 한 자본 지원이 가능했다. 나는 캄보디아 측에 우리가 현지 문제를 해결하기 위해서는 지원을 농업 분야에 한정하기보다 다양한 소규모 사업 분야를 대상으로 한 유연한 범위의 대응이 필요하다고 강조했다. 즉 우리가 이번 사업을 통해 독려하는 산업 분야는 농업만이 아니라, 다양한 사업 전반에서 시민들의 금융 접근성을 높이고 최종적으로 현지 금융 경제를 활성화하는 것을 목표로 한다는 점을 분명히 했다.

캄보디아 측은 우리의 제안을 호의적으로 받아들였다. 회의는 소액 대출 사업으로 어떻게 캄보디아의 다양한 사업 분야를 활성화할 것인가에 대한 방안을 찾는 방향으로 진행됐다. 회의 내내 양측 모두는 적극적인 자세로 여러 의견을 교환했다. 나는 회의 후 서류를 정리하면서, 이날 우리가 벌인 협력 논의는 단순히 사업적 이익을 추구하는 데 머무르기보다 캄보디아 경제 성장 발전에 기여한 한걸음으로서의 의미를 가졌다고 확신했다.

창밖으로 프놈펜의 땅거미가 보일 즈음 회의가 마무리됐다. 훈훈한 분위기 속에서 계획을 구체화한 우리는 현지 관계자의 안내를 받아 지역을 둘러보는 기회를 가졌다. 현지인들의 일상 모습 속에서 그들의 필요를 더 가까운 시선으로 바라봤다. 머지않아 우리의 사업이 실현되면 새 시장에 새로운 변화가 일 것이라는 생각이 들었다. 이곳 삶의 공간 곳곳에 자리 잡을 우리의 사업은 자본으로서의 기능뿐 아니라 사람들의 실제 삶 속 생활 도구로 쓰이게 될 것이라는 자신감도 들었다.

이 사업의 핵심은 우리만이 가진 강점을 극대화해 사업 확대에 성공했다는 점이었다. 농업이 주요 경제 산업인 동남아 국가

에서는 농협금융이 내세우던 '농업과 금융의 융합' 모델이 실제
적으로 적용될 수 있었다. 우리의 강점과 그들의 필요를 접목해
현지의 특성에 맞는 농협금융만의 맞춤형 금융 서비스 전략을
펼 수 있던 것이다. 그리고 이를 통해 해외 시장에서 차별화된
우리만의 경쟁력을 확보했다

동남아시아 3개국에서 이룬 성과는 농협금융의 해외 진출 확
장을 위한 밑거름이 됐다. 베트남, 미얀마, 캄보디아에서 겪은
경험은 단순히 한 건의 사업 성공을 넘어 농협금융의 세계 시장
진출의 기초를 다져 주었다. 각국에서 농업과 금융을 융합한 금
융 상품으로 그들이 가진 수요를 충족시키며 차별화된 사업 모
델이 어떻게 글로벌 경쟁력을 만들어 낼 수 있는지를 분명하게
보여주었다.

이러한 경험을 통해 나는 농협금융이 단순한 금융기관이 아
니라, 글로벌 시장에서 현지의 필요에 맞춘 혁신적인 솔루션을
제공하는 파트너로 자리 잡아야 한다는 확신을 가지게 됐다. 각
국의 현지화된 접근 방식을 통해 우리는 그들의 경제 성장에 기
여하고, 동시에 농협금융의 글로벌 입지를 확장해 나갈 수 있
었다.

돌이켜 보면 해외 진출 사업의 과정은 결코 쉬운 일이 아니
었다. 현지의 복잡한 상황을 이해하고 적절한 해결책을 모색하
기 위해 우리는 많은 고민과 협력을 지속했다. 결국 우리는 현지
에서 필요로 하는 금융 상품을 만들어 그들의 경제 성장에 기여

할 수 있었다. 그리고 그 과정에서 얻은 교훈과 경험은 농협금융이 미래 시장을 성공적으로 개척하는 데 큰 자산이 됐다.

이를 통해 얻을 수 있는 교훈은 '사업에 성공하려면 무엇보다 고객의 필요를 먼저 파악해야 한다'는 것이다. 특히 경쟁이 치열한 시장에서 살아남기 위해서는 독창성뿐 아니라 실질적인 고객 수요를 충족시키는 것이 필요하다. 즉 고객이 당장 무엇을 원하고 있는지를 파악하고, 이를 만족시켜 줄 나의 강점은 무엇인지를 생각해 이를 연결하는 것이 성공으로 가는 첫걸음이다.

3

인생은 정답이 아니라
흐름이다

박수받을 때 떠나라.
그리고 새 목적지를 향하라

2015년부터 2017년까지 한 차례의 연임을 포함한 3년간의 NH농협금융지주 회장의 임기가 만료되기를 앞둔 때였다. 지주 설립 이래 처음으로 연임에 성공한 회장이라는 명예로운 명함을 이미 얻은 후였다.

나는 그동안 취임과 동시에 돌풍처럼 불어닥친 위기를 넘어 내외적으로 경영을 성장시켰다. 글로벌 사세 확장과 자회사 업무 총괄 및 조정, 직원 복지에 이어 농협금융 내 부실자산 정리를 통해 큰 수익을 창출해 냈다.

어려운 문제에 직면해서도 새로운 전략과 기회를 만들 수 있던 데에는 그동안의 경험이 큰 힘이 됐다. 배워 오는 과정에서 깨달은 교훈들, 돌발 사태에 대한 유연한 대처법 같은 것들 말이다. 여기에 더해 우리 직원들이 만들어 준 것도 있다. 우리가 함께하면 뭐든 해낼 수 있다는 공동체 정신이다.

농협금융의 회장으로 이룬 성과에 대해 많은 사람이 내 공로를 크게 인정했지만, 나는 나 스스로도 많은 배움의 경험을 한 자리였다고 생각한다. 특히 당면 과제들을 헤쳐 나가면서 '가치의 균형을 잘 조정해 원칙의 완고함을 밀어붙일 자리'와 '타협해야 할 순간의 선'을 배우는 과정이었다.

임기 만료를 목전에 두고 여론은 농협금융지주 최초의 3연임 후보 탄생의 전망을 내놓고 있었다. 앞서 한 차례 안정적으로 연임에 성공해 최초로 3년을 지낸 시점에서 다시 한 차례 연임에 도전하는 것은 내게도 고민이 깊은 문제였다. 그간 다방면에서 내놓은 성과들로 농협금융이 나아갈 방향을 잡아둔 셈은 됐다. 그 과정에 대해 스스로 느끼는 만족감도 컸다. 하지만 한 걸음 더 내딛고 싶은 마음도 적지 않았다. 믹든 해낼 수 있는 자신감 또한 넘쳤다. 이런저런 갈등 속에 지나온 시간들을 되짚어 봤다.

나의 경영 원칙 중 하나는 '스피드'다. 경영에는 속도가 중요하기 때문이다. 특히 한 3년 정도의 임기가 정해진 경영인이라면 부임과 동시에 목표부터 세워야 한다. 그러고는 첫 해에 많은 계획을 실행한 뒤 3년이 되는 시점에서는 마무리 기반을 다지며 지난 일들을 회고하는 것이 베스트다.

농협금융에서도 그랬다. 나는 부임과 함께 목표를 세우고, 짧은 기간에 농협금융의 위상을 금융업계의 선도 기업으로 끌어올렸다. 쉬지 않고 프로젝트를 기획해 기업 가치를 끌어올리는 데 전력을 다했다. 크고 작은 어려움들이 많았지만, 결과만 놓고 보면 전체적으로는 순항한 편이다. 그렇게 3년간 나는 내가 취

임할 당시 그린 목표를 대부분 실행했다. 돌아보면 후회보다는
만족이 더 컸다. 내가 농협금융을 위해 할 수 있는 일을 충분히
해냈다는 생각도 들었다.

무엇보다도 농협금융은 지난 시간 동안 다른 금융지주와 비
교될 정도로 놀라운 성장률을 보였다. 특히 내가 최초 부임한 시
기는 농협금융이 실적 급락을 맞이하며 위기의 한가운데로 내
몰린 때였다. 그런 어려운 시기에 회사의 재도약을 위해서는 중
대한 결정을 많이 내려야 하는 만큼 자리에 대한 중압감이 적지
않았다. 경영자로서 내리는 중대 결정에서부터 그로 인해 회사
의 사정이 낱낱이 노출되는 작은 요소 하나하나까지 평가의 대
상이 되는 것도 큰 부담이 됐다. 게다가 장기적인 계획을 그리면
서도 단기의 성과로 주주를 만족시켜야 하는 숙제는 쉽게 풀릴
일이 아니었다.

한창 경영 위기가 심화돼 가던 시기에는 한 언론의 집요한 보
도 탓에 피로가 극심하게 쌓이기도 했다. 극단적인 언론의 해석
은 우리의 향후 전망을 지나치게 과소평가하거나 과대평가하곤
했다. 나쁜 일은 작게 알려지고 희망적인 일은 크게 보도되기를
바랐지만, 언론은 늘 그 반대였다. 게다가 나와 내 주위 많은 사
람들의 노력이 아직 표면에 드러나지도 않은 일들에 묻혀 평가
절하되기 일쑤였다.

하지만 나는 실망하지 않았다. 조직 전체가 여러 노력 끝에
조금씩 실적을 회복해 가는 모습을 지켜보며 보람을 키워 갔다.

이 자리를 빌려 그 일들을 함께해 온 농협금융 식구들에게 깊은 감사를 전하고 싶다. 그들의 지지와 헌신이 있었기에 많은 어려움을 극복할 수 있었다.

아무튼 당시 연임을 고민할 무렵의 내 심경은 아쉬움보다 홀가분함에 가까웠다. 좀 더 욕심을 내 한 발짝 더 발전과 성장을 그려볼 만도 했다. 하지만 그러기 위해서는 더 많은 시간과 긴 호흡이 필요했다. 이미 한 차례의 연임이 있었던바, 한 번 더 연임한다고 해서 장기 계획을 모두 실행하기는 어려워 보였다.

여기에는 농협금융지주 회장직의 짧은 임기라는 특성도 영향이 컸는데, 농협금융의 회장은 최초 선임 시에는 2년의 임기가 주어지지만, 이후 연임을 할 때는 1년씩 임기가 늘어난다. 다른 금융지주가 대개 3년 전후의 임기를 가지는 것과 비교하면 매우 짧은 기간이다. 기업의 미래를 계획해 성장을 고려한 경영에 집중하기에는 한계가 있을 수밖에 없다.

실제로 내가 농협금융의 실적 향상에 박차를 가할 때도 짧은 임기 기간 내 실현 가능성을 두고 부정적 판단을 내리는 시각이 많았다. 이에 나는 농협금융 회장직의 임기 기간을 늘려야 할 필요성에 대해 의견을 전하기도 했다.

이러저런 고민 끝에 나는 결국 후보직에서 물러나기로 했다. 이는 여론에 반하는 결정이었다. 당시 대다수 언론은 내가 3연임에 나서는 것을 기정사실처럼 바라보고 있었다. 하지만 나는 농협금융을 떠나기로 마음을 굳혔다. 쉽게 내린 결정은 아니었다. 복합적인 요소들로 고민을 거듭한 끝에 내린 판단이었다.

금융지주 회장이라는 자리는 내게 많은 것을 가르쳐 주었다. '지속적인 발전을 추구하는 길은 결국 변화하는 것'이라는 교훈도 여기서 얻었다.

취임 후 나는 부실 상황을 면밀히 점검한 뒤 위기를 피하기보다는 정면으로 맞서 회복의 길을 선택했다. 이는 당시 내가 기업의 성장 미래를 예견해 내린 최선의 결정이었으며, 결과적으로도 좋은 성과를 거둘 수 있었다. 하지만 경영은 언제나 장기적인 측면에서는 늘 변동이 발생하는 영역이다.

내가 조직에 있는 동안 우리는 많은 변화를 이루 냈다. 그러나 롤러코스터가 예상치 못하게 상승하거나 하강하듯이 경영의 앞날에는 예상치 못한 일들이 생긴다. 따라서 조직에는 상황에 맞는 변화에 적응하며 일관된 리더십을 발휘할 수 있는 리더가 필요하다.

내 후임의 차기 회장 후보로 이름을 올린 분은 업계에서 많은 경험과 성과를 이룩한 능력 있는 인물로 알려져 있었다. 금융업 전반에 대한 깊은 이해도로 미래의 농협금융을 한 단계 도약시킬 수 있으리라는 믿음을 가질 만했다. 강한 추진력과 그동안 쌓은 경험을 바탕으로 좋은 방향으로 발전을 이어갈 능력이 있는 인물이라고 생각했다.

조직은 이미 한 차례 성과를 올려 성공의 진입로에 들어섰다. 다만 농협금융이 최고 금융기관으로 나아가기 위해서는 갈 길이 한참 남아 있었다. 내가 추진한 변화로 기틀을 마련했으니, 이제 이를 딛고 비상하고 도약할 변화가 필요했다. 아무래도 그 일은 새로운 수장이 하는 것이 이치에 맞는다고 생각했다. 어느 사람이 매일 같은 길을 오가면 그의 눈에는 늘 같은 모습만 보이는 법이다. 하지만 사람이 달라지면 같은 길에서도 그는 다른 모습을 발견할 수도 있다. 즉 내가 다져 놓은 기반 위에서 이제 새로운 시각으로 농협금융의 내일을 바라볼 차례였다.

나는 아무리 큰 성공을 이뤄 놓았더라도, 조직이 좀 더 발전하기 위해 변화가 필요한 순간에는 그 일에 적당한 사람에게 자리를 내주는 것이 옳다고 여겨 왔다. 그것이 조직을 위하는 길인 동시에 자신이 이뤄 놓은 성과를 더욱 빛내는 일이라고도 생각해 왔다.

개인적으로도 성공의 시점에서 물러나 새로운 목표를 찾는 것이 향후 행보에 도움이 된다. 우스갯소리로 몸값이 높아졌을 때 움직여야지 대우를 받지, 옛 명성은 화려하지만 지금은 별 볼 일 없는 상태에서 움직이면 찬밥 신세가 되기 십상이다. 그런 생각을 하니 떠나는 아쉬움보다 나의 성장과 새로운 도전에 대한 기대로 가슴이 쿵쾅거렸다.

많은 사람이 자신이 가던 길에서 갈림길을 만나면 다음은 어디로 갈지 쉽사리 판단을 내리지 못한다. 하지만 어느 길이든 그 길에는 나름의 여정이 있다. 그리고 그 길에서 만나는 모든 상황은 어차피 자신이 해결하고 나아가야 한다. 따라서 갈림길 앞에서 너무 머뭇거릴 필요가 없다. 자기 스스로를 믿고 일단 어느 길로든 들어서 한 발짝이라도 더 내딛는 것이 현명한 행동이다. 걷지 않고서는 목적지에 도달할 수 없기 때문이다.

도전하지 않으면 성공 확률은 0%, 실패 확률은 100%다

사람의 기질이란 무엇일까? 사전은 정의 내리기를 '기량과 타고난 성질'이라고 한다. 그렇다면 성공하는 사람에게는 '타고난 성질'이 따로 있는 걸까?

이 점에 관해 나는 '물론 있다'고 믿는다. 다만 이는 천운이나 운명 같은 불변의 성질을 가리키는 게 아니라, '시도하는 기질'이라고 생각한다. 내가 만나 본, 자신의 자리에서 가슴을 펼 만한 업적을 만든 인물들은 끊임없이 무언가를 시도하는 사람들이었다.

어느 날 밤 2시, 창밖의 어둠이 푸르게 빛나고 있을 때 나는 내 마음가짐의 자세에 대해 생각한 적이 있다. 나는 일을 하면서 수많은 변화를 마주했다. 예기치 못한 위기를 마주했을 때는 하늘이 무너지는 듯한 무력감에 빠지기도 했고, 더 오래 머물 것 같던 조직에서 벗어나 새로운 시작을 하며 설렘 반 걱정 반으로 우왕좌왕하기도 했다. 그런 변화의 과정에서 나는 이전보다 더

담대해지기도 하고, 물러서는 법을 배우기도 했다.

이 긴 배움의 과정을 통과하는 동안 일관되게 가진 자세는 '시도하는 것'이었다. 위기 속에서 위험을 동반한 도전도 마다하지 않았다.

농협금융에서의 빅배스 선언도 그중 하나다. 그 일로 나는 많은 리스크를 감수해야 했지만, 예측과 분석을 통해 내가 내린 결론을 믿었다. 나는 내 안에 깃든 신념을 언제나 중요시 여긴다. 확고한 신념은 용기를 만들고 자신감을 갖게 한다. 그리고 이를 바탕으로 행동에 나설 때 도전이 시작된다. 행동하는 삶은 내 원칙의 기본이기도 하며, 목표를 달성하는 가장 기본적인 자세다.

머릿속에 그리는 목표를 행동으로 실천하는 것이 쉬운 일은 아니다. 시도는 실패 가능성에 대한 두려움과 그 과정에서 겪는 역경을 동반하기 때문이다. 하지만 모든 것을 감수하고, '그럼에도 불구하고' 계속 시도하는 자세를 갖는 것이 중요하다. 그것이 성공의 비법 중 하나다. 뭔가를 시도하다가 성공할 확률은 여러 요소에 따라 달라진다. 환경이 좋으면 확률은 높아지고 환경이 나쁘면 확률은 떨어진다. 그러나 아예 아무런 시도조차 하지 않으면 성공 확률은 언제나 제로다. 반면 그의 인생이 실패작으로 남을 확률은 100%다.

지금 어마어마하게 성공한 사람도 과거 예상치 못한 가능성을 앞에 두고 도전할 당시에는 겁을 먹었을 게 분명하다. 하지만 그것을 반복하면서 겁은 사라지고, 두려움에 맞서는 요령이 생졌을 것이다. 그래서 그는 성공할 때까지 도전할 수 있는 용기를 얻었고, 마침내 성공도 할 수 있었다고 나는 생각한다.

뭔가를 시도한다는 것은 용기를 실천하는 일이다. 내 경험에 비춰봤을 때 반복되는 시도는 내 신념을 더욱 굳건히 만들어 준다. 한 번 도전을 경험하면 다음의 위기에서는 더 확신을 가지고 시도하게 된다. 그리고 바로 이것이 변모하는 사람의 기질, 발전하여 성공으로 나아가는 사람의 기질이라고 나는 생각한다.

내 삶의 필모그래피를 펼쳐보면 참 다양한 시도를 해 왔다. 하지만 여전히 무언가를 새로 시작하는 것은 쉽지 않은 일이고, 나이가 들수록 시도라는 말에 붙는 기대치가 커져 기준이 까다로워지기도 한다. 하지만 내게 있는 시간 동안 나는 더 많은 것을 시도하고 싶다. 기존에 없던 무언가를 내가 만들어 낸다는 것 자체가 나의 능력과 에너지를 보여주는 방식이기 때문이다. 나는 뭔가를 시도할 때 살아 있다는 감각을 느낀다.

'연금청'에 대한 것은 재정경제부 복지생활과장으로 일할 때 가진 생각이다. 당시에는 여러 문제가 겹쳐 실현하지 못했다. 하지만 내게 남은 시간 동안 일에 대한 욕심을 꼽자면 국민의 노후 안정을 체계적으로 지원할 수 있는 연금청 설치를 다시 추진하고 싶다. 아니, 그 일에 작은 힘이나마 보태고 싶다.

연금청은 당시 내가 생각했던 공공복지 시스템에 대한 비전과 연결돼 있다. 우리나라는 공적·사적 연금을 여러 관할 부처가 각자 관리하고 있다. 하지만 해외에서는 공적 연금 제도와 관련한 기능을 통합해 관리하는 연금청(pension agency)이 이미 활성화돼 있다. 캐나다연금투자위원회(CPPIB)와 일본연금기구 등의 기구가 여기에 해당된다.

한국은 완전한 통합 연금 시스템을 가지고 있지 않기 때문에 국민 각자가 자신의 연금 상태를 확인하는 데 불편을 겪고 있다. 연금은 노후 보장 소득과 연계된 자산인데 가입률과 운용률이 낮은 것도 사실이다. 그래서 나는 우리도 흩어진 연금을 통합해 관리하는 시스템을 만들면 행정 효율성과 제도 투명성을 높이는 데 도움이 될 것이라고 판단했다.

그런 사고에서 출발한 것이 연금청 설치 계획이었다. 나는 금융 전문가지만 기초생활보호법을 제정할 때부터 꾸준히 국민 복지에 관심을 기울였다. 깊어 가는 고령화 사회의 노후 대비를 연금 제도의 장기적인 재정 건정성으로 꾸리고자 생각했다.

나는 연금청이 단순히 제도를 통합 관리하는 행정 기구를 넘어, 국민의 노후를 책임지는 국가 복지의 중심 플랫폼이 돼야 한다고 생각한다. 이런 연금청의 미래 비전은 '신뢰'에 달려 있다. 따라서 국민 모두가 자신의 연금 상태를 투명하게 확인하고 미래의 소득 구조를 예측할 수 있어야 한다. 이를 위해서는 단순한 정보 제공을 넘어 데이터 기반의 개인 맞춤형 연금 관리 시스템으로 발전해야 한다.

또한 연금청은 세대 간 재정 형평성을 유지하는 기능도 해야 한다. 현재 세대의 부담이 미래 세대의 짐으로 전가되지 않도록 장기 재정 건전성을 확보하는 것이 핵심 과제다. 이를 위해 독립성과 전문성을 갖춘 운용 체계가 필수적이며, 정치적 이해관계에서 자유로운 중립적 기관으로 자리 잡아야 한다.

나아가 연금청은 국민이 믿고 맡길 수 있는 국가 단위의 신뢰 자산 관리자로 성장해야 한다. 복지와 금융, 데이터와 행정이 하나로 통합된 새로운 형태의 '미래 복지 인프라'가 되는 것이다. 그것이 내가 구상한 연금청의 궁극적인 방향이며, 이는 초고령화 사회에 대비해야 하는 우리 사회가 구축해야 할 다음 단계라고 나는 믿는다.

고객에게 차별화된
가치를 선물하라

모든 기업은 대표하는 무언가를 가지고 있어야 한다. 더 나은 차별성이 고객의 신뢰로 이어지고 기대를 만들기 때문이다. 내가 CFP(국제공인재무설계사)와 AFPK(재무설계사) 인증기관인 한국FPSB(재무설계표준위원회)의 회장에 부임하며 중점으로 내건 가치는 '신뢰'와 '투명성'이다.

나는 어느 자리에 있든 항상 '고객에게 우리 조직만이 줄 수 있는 차별화된 가치'를 만들어 내는 시스템을 갖추는 일에 몰두했다. 고객을 생각하는 기업이라면 고객이 당장 필요로 하는 가치를 자세히 알고 있어야 하는데, 내가 한국FPSB에서 지향한 방향성이 '신뢰'와 '투명성'이었고, 이러한 가치와 공익성을 바탕으로 한 체계적인 조직 운영을 통해 한국FPSB의 지속가능한 발전을 도모하려 했다.

2017년 말, 내가 한국FPSB 회장으로 부임하기 직전, 금융위원회의 종합감사를 받은 이후 한국FPSB의 내부가 크게 흔들렸다. 금융인증기관으로서 그 무엇보다 높은 수준의 전문성과 윤리를 유지해야 했던 법인이 신뢰를 상실한 상황은 시급히 해결해야 할 과제였다. 부임 이후 내가 가장 신경 쓴 부분도 당연히 조직의 안정화와 기업의 신뢰 재건이었다. 한국FPSB가 국내 유일의 국제공인재무설계사 인증기관이자 전문 자격자를 양성해 국내 금융 산업을 활성화하는 데 기여하는 목적을 가진 기관인 이상 투명한 조직 운영은 반드시 갖춰야 할 필수 덕목이었다. 조직 운영이 투명해야 신뢰도 쌓을 수 있기에, 이는 더더욱 중요한 과제였다.

중국에서 가장 오래된 경전인 『서경(書經)』에는 '불려호획(弗慮胡獲) 불위호성(弗爲胡成)'이란 구절이 있다. '생각지 아니하면서 무엇을 얻을 수 있으며, 실천하지 않는다면 어찌 이루어 내겠느냐'라는 뜻이다. 즉 어떤 좋은 결정을 가지고 있더라도 실천으로 옮기지 않는다면 절대 이루어지지 않는다는 말이다. 내뱉은 말은 반드시 실천하는 40년 경력의 금융관료인 나는 '투명성으로 신뢰를 쌓는다'는 경영 원칙하에 한국FPSB의 새로운 도약을 다짐했다.

우리는 앞으로의 방향성에 대해 많은 토론을 벌였다. 수많은 논제 가운데 내가 가장 우선해 관심을 기울인 것은 조직 운영에 관해서였다. 기존의 문제를 해결하고 조직의 기능을 정상화하기 위해서는 먼저 조직의 하드웨어에 대한 전반적인 진단과 점검이 필요하다고 판단했기 때문이다.

점검 과정에서 살핀 조직의 기능은 상당 부분이 효율에서 벗어난 채 관행으로 움직이고 있었다. 조직 내에 여러 단계의 보고 체계가 상급 관리층까지 도달하는 경로가 복잡한 것도 문제였다. 예를 들어, 법인 내 프로젝트 관리 부서의 팀장이 일정과 예산 등을 운용하면서도 실질 결정 권한은 상위 경영자에게 있어 업무에 지연이 생기는 일도 있었다.

부서별로 담당하는 업무가 명확하게 구분되지 않는 점도 재구축이 필요했다. 기획팀과 전략팀이 시장 환경과 산업 트렌드를 분석해 장기 프로젝트를 기획해 온 것과 관련해서도 최종 책임자가 누구인지 명확하지 않아 품질 관리가 원활히 이루어지지 않거나 장기화되는 등의 혼선이 빚어지곤 했다.

설립 초기에 법인의 존립 기반 확보를 최우선으로 여기다 보니 조직 운영이 시스템보다는 경영진의 리더십에 의해 운영되는 부분이 많았고, 그 일부 관행이 여전히 이어지그 있는 것이었다. 리더십 있는 경영진의 유연한 의사결정은 조직 체계에 긍정적 질서를 가져 왔지만 때때로 조직 운영에 결정적 악영향을 끼치기도 했다. 자격자들로 구성돼야 할 인증기관의 목적에 이러한 경영 방식은 맞지 않았다.

나는 '당장 조직을 위해 해야 할 것은 무엇인가'를 고민했다. 신뢰와 투명성을 핵심 원칙으로 내건 만큼 조직 체계의 기조부터 재건축해 내부뿐 아니라 대외적으로도 우리 조직의 가치를 내보여야 했다. 조직 가치란 조직을 운영하는 기준이나 시스템의 핵심 원칙과 신념 등을 말한다. 조직의 가치는 구성원들이 일하는 태도와 의사결정을 하는 방식에 영향을 미치며, 조직의 최종 목표 달성에도 중요한 역할을 한다. 나는 끊임없이 올바른 가치의 방향에 대한 의문을 제기하고 의문에 대한 해답을 탐구했다.

고심 끝에 나는 조직 가치 점검을 위한 단계를 정리했다. 우선 조직 개발 전문가와 한국FPSB의 현 상황이나 내부 문화를 잘 이해하며, 국내 금융 분야에 대한 통찰력을 지닌 외부 전문가를 초빙해 진단을 의뢰했다. 한국FPSB는 공익성을 가진 조직이다. 그리고 공익성을 가졌다는 것은 사회적인 책임을 지녀야 할 의무가 있다는 뜻이다. 그런 만큼 한국FPSB는 기관의 운영 철학과 목표가 공익에 부합하며, 그 과정이 투명하고 책임감 있게 이루어지고 있다는 것을 대내외에 알리는 것이 중요했다. 그러기 위해서는 외부 기준과 시선으로 조직의 시스템을 점검해봐야 했다.

전문가들은 한국FPSB의 현재 운영 상태를 꼼꼼히 분석하고 기존 조직문화를 평가했다. 우리 조직이 신뢰를 회복하고 앞으로 나아갈 방향을 명확히 하기 위해 현재의 조직 가치를 분석하고 진단했다.

나는 이와 함께 조직 기능의 효율이 원활하지 않은 점을 감안해 직제 개편을 서두르는 한편 워크숍을 열어 전문가와 임직원들이 머리를 맞댈 수 있는 자리를 마련했다. 이를 통해 조직의 핵심 가치를 재정립할 방안을 찾도록 했다.

처음에는 격식에 갇혀 있던 토론이 마무리로 향할수록 열기를 더해 참석자들은 앞다퉈 의견을 제시했다. 나는 참여자들의 의견을 경청했다. 그들의 의견을 수렴해 목표를 조정하기 위해서였다.

나는 조직 구성원들의 열의에 찬 모습이 고마웠다. 새로 부임한 회장의 경영 시스템 개선 의지에 지지를 보내고 동참하는 모습에서 발전 가능성을 확실히 볼 수 있었다. 그들은 한국FPSB가 고객과 원활히 소통하는 기관으로 나아가는 데 헌신을 다해 일해 줄 열정이 있는 사람들이었다.

다음 단계로는 글로벌 전문업체를 초빙해 한국FPSB의 운영 방식이 국제 금융인증기관의 운영 방식에 부합하도록 기준을 점검했다. 글로벌 기관들의 운영 사례를 분석해 국제적으로 인정받는 절차를 도입할 수 있도록 전문가들이 지닌 외부 시각으로부터 조언을 구했다.

그리고 여러 차례의 논의를 거친 운영체계 개선의 결과를 정관에 반영해 글로벌 스탠다드에 맞춘 시스템으로 조직을 운영할 수 있도록 조치했다. 그리고 각종 규정 정비를 통해 일하는 방식과 의사결정 기준을 개선하고 사내 인트라넷을 구축해 효율적이고 투명한 조직 운영의 기반을 마련하고자 노력했다.

나는 외부 전문가들이 현장 경험을 바탕으로 분석해 제시한 솔루션을 반영해 직제 개편을 본격적으로 실행에 옮겼다. 부서

별 역할과 책임을 더 명확하게 정리하고 소통에 중점을 뒀다. 나는 초고령화 시대와 초저출생 시대를 맞이하는 우리 사회에서 앞으로 재무설계의 필요성이 확대될 것으로 예측했다. 이에 따라 '재무설계사'라는 직업이 국내에 뿌리 깊이 자리매김할 수 있도록 하고, 자격제도가 꾸준히 발전하는 제2의 도약을 할 수 있도록 조직의 비전을 담은 미래지향적 로드맵을 새로 그렸다.

내가 한국FPSB에 취임 후 너세운 경영의 핵심 원칙은 '고객이 신뢰할 수 있는 시스템'과 '내외부 고객 및 금융 소비자와의 자유로운 소통'이다. 재무설계사 양성과 보급을 통한 경제 발전을 목표로 하는 기관으로서 자격자들에게는 자격의 권위와 일에 대한 가치를 확실히 전달하고, 금융 소비자에게는 재무설계를 통한 가계 안정과 미래의 희망을 선물하려 했다. 그리고 국가의 금융산업 발전에 기여할 수 있는 가치를 발굴해 전파하고자 했다.

이러한 일련의 과정을 거쳐 한국FPSB는 국내에서 유일한 국제공인재무설계사 인증기관으로서의 역할과 책임을 다할 수 있는 초석을 다졌다. 조직의 장기적 발전을 위한 마중물은 부은 셈이다. 물론 아직 갈 길은 멀다. 하지만 우보만리(牛步萬里)의 자세로 진실되게 나아간다면 한국FPSB는 한국을 넘어 세계에서도 인정받는 국제공인재무설계사 인증기관으로 우뚝 설 것이라고 자신한다.

기대수명 100세 시대에
재무 설계는 필수다

2020년은 내게 느닷없이 시작돼 예기치 못하기 흘러간 해였다. 직전 해 말 돌연 삶에 침투한 코로나19 바이러스 감염증은 새로운 해가 밝았으나 끝나지 않은 채 길어지고만 있었다. 바이러스의 폭풍은 내 삶에도 예외 없이 스며들었다. 기사 보도를 통해서만 접했던 감염은 점차 지인을 넘어 가족을 덮쳐 왔고, 문병이나 간호조차 가로막힌 상황이 연이어졌다. 사랑하는 사람이 고통을 겪는 모습을 보면서 옆에 붙어 손을 잡아줄 수도 없다는 것은 무기력함을 느끼게 만들었다.

시설 출입이 제한되고 업무 또한 비대면으로 전환되는 등 일상생활 제약이 커지며 매스컴에서 '코로나 우울'이라는 신조어까지 들려 왔다. 매일 바쁘게 굴러가던 시간의 톱니가 일순간 멈춰 버린 듯한 기분이었다. 딸의 단골집으로 나 역시 자주 방문하던 작은 이탈리아 식당이 이 무렵 소리 없이 폐점한 것도 바이러스가 우리 삶에 얼마나 깊이 침투했는지 느끼게 만들었다.

하지만 전 세계에 예고 없이 닥친 변화 속에서도 우리의 일상은 지속됐고, 그렇게 일상을 이어 나갈수록 사회의 불안감은 높아져 갔다.

금융 전문가로서도 코로나19 상황은 큰 위기였다. 많은 가계의 재무 상태가 악화됐으며, 이후의 지속 여파 또한 불분명했다. 당시 한국FPSB 회장직을 맡고 있던 나는 불황에서 안전한 경제 발판을 만들 수 있는 방안을 마련하는 데 고심했다. 국내 유일한 국제공인재무설계사 인증기관으로서 위기를 기회로 만드는 것에 책임을 느꼈다. 현 시장을 바라봤을 때 불확실한 경제 위기에 금융 시장의 윤리가 투명하게 지켜지고 있지 않은 것이 문제였다.

몇몇 금융 기관들은 경제 불황을 틈타 고객에게 불투명한 상품을 권유해 실속을 챙기는 비윤리적인 사례도 종종 발생했다. 이는 굳이 먼 곳까지 눈을 돌리지 않아도 알 수 있는 일이었다. 하루는 한 동창생이 내게 전문가가 추천했다는 상품에 대해 조언을 구한 적이 있다. 그 상품은 리스크를 예상하기 어려운 불안정한 내용이었기에 나는 동창의 가입을 만류했다.

금융에서 고객의 신뢰를 얻는 것은 아주 중요하다. 그럼에도 고객이 원하는 정보를 쉽게 찾지 못하도록 공급자가 불법과 교묘한 눈속임을 벌이는 것은 금융업의 본질인 신뢰를 악용한 기만행위다. 그런 일들을 지켜보면서 나는 전문 영역에서 공급자와 소비자가 가진 정보 격차를 줄이고 소비자를 안전하게 보호하기 위한 체계적인 시스템의 필요성을 느꼈다. 이를 위해 인력의 전문성과 윤리성을 한눈에 파악할 체계가 마련돼야 한다고 생각했다.

나는 사람들에게 "자신의 재무 문제를 파악하고 관리할 수 있어야 한다"고 자주 말한다. 흔히 재무 설계라고 하면, '자산을 많이 가진 사람이 더 효과적으로 돈을 불리기 위한 수단' 정도로 이해하는 경우가 많다. 하지만 실제는 그렇지 않다. 재무 설계는 부유층만을 위한 것이 아니라 모든 사람에게 필수적이다. 코로나19 팬데믹으로 인해 많은 가계와 기업들이 재정적 어려움을 겪는 것을 보면서 나는 재무 설계의 중요성을 더욱 실감했다.

코로나19 팬데믹이 우리에게 가져다준 경각심 중 하나는 예측 불가능한 위기가 언제든지 닥쳐올 수 있다는 것이다. 준비되지 않은 상태에서 재난을 맞닥뜨린 많은 가계와 기업들이 재정적인 어려움을 겪었다. 사람이 돌발 상황에 얼마나 취약한지, 그리고 그러한 위험을 예측하고 대비하는 일이 얼마나 중요한지를 실감하게 만들었다.

재무 설계는 돈을 불리는 게 주목적인 재테크와는 다르다. 의료기술이 발달하고 평균 기대 수명이 늘어난 현대사회에서 우리는 더 많은 날들을 살아갈 것이다. 장기적으로 남은 시간을 바라봤을 때 우리는 삶의 계획을 세울 필요가 있다.

나만 해도 그렇다. 내가 바쁜 일에 치이다가 피곤에 지쳐 집으로 돌아오면 가족이 기다린다. 우리 가족은 식탁에 둘러앉아 조금 늦은 저녁 식사를 함께하며 하루 동안의 일상을 교환하곤 했다. 나를 지치게 만드는 일들에 대해 들어주고 그에 맞춰 건네 주는 응원과 조언에 나는 많은 도움을 받았다. 우리는 삶의 순간 마다 소중한 인연을 쌓고 그 속에서 가치를 찾는다. 내게 있어서는 가족과의 시간이 삶에서 꼭 필요한 요소였다.

이처럼 사랑하는 사람들과의 소중한 시간을 지키기 위해서는 재무적 안정이 필수적이다. 하지만 갑자기 들이닥친 코로나19 바이러스의 위협처럼 우리의 삶 주변에는 급변하는 요소들이 가득하다. 이 같은 삶의 불확실성 속에서 사랑하는 가족과의 시간을 지속하기 위해서는 그들을 보호하고 나의 삶을 안정적으로 유지할 재무적 계획이 필수적이다. 가계의 위험에 대비해 비상금을 마련하거나 사고에 앞서 보험을 드는 것과 비슷한 맥락이다.

기대수명 100세의 현대사회에서는 누구에게나 재무 설계가 필요하다. 특히 한국 사회는 유럽의 몇몇 나라와 달리 국가가 국민의 노후를 완전히 보장하지 못하는 형편이다. 내 노후는 내가 책임질 수밖에 없는 구조다. 그런 만큼 재무 설계에 대한 학습이 필요하다. 재무 설계라고 해서 대단할 것은 없다. 이 분야에 조금만 관심을 갖고 틈틈이 관련 정보를 얻으면 어렵지 않게 배울 수 있다. 한국FPSB의 전문가들에게 도움을 받는 것도 하나의 방법이 될 수 있다.

꼭 필요한 재무 설계,
전문가의 조언을 받아라

한국FPSB에서 위축된 재무 건강을 회복할 방법을 찾던 나는 취임 1주년을 맞아 'Vision21'이라는 이름의 3개년 경영 계획을 밝혔다. CFP(국제 공인재무설계사)와 AFPK(개인재무설계사) 자격 인증 제도를 강화하고 재무 설계의 중요성에 대한 홍보에 힘써 시장의 인식을 높이는 것이 주요 내용이다. 조직의 장기 발전을 목표로 한 전략적 계획안이었다.

우리는 이전에도 무료 재무 설계 상담 서비스나 청년들을 대상으로 금융교육 프로그램을 진행하는 등 재무 설계에 대한 이해를 높이기 위해 노력해 왔다. 그러나 프로젝트들이 연이어 호평을 받으며 마무리됐음에도 우리나라의 재무 설계 인식은 낮은 편이었다. 나는 한국FPSB가 재무 설계를 보편화해 국내의 경제를 안정적으로 발전하게 도울 수 있다고 여겼으며, 그것이 나의 역할이라고 판단했다.

해외에 비해 한국은 국민 개개인이 재무 설계사의 도움을 경험한 비율이 낮은 편이다. 반면 금융에 대한 전문지식이 부족하다고 느끼는 비율은 높다. 그 원인이 한눈에 보였다. 고객은 재산을 맡기는 만큼 전문가가 높은 신뢰를 보여주기를 원한다. 물론 전문가들은 나름의 윤리의식을 가지고 고객을 상대한다. 다만 금융 자문의 경우 소통의 방향이 일방적인 경우가 많다.

나는 이 점을 근거로 인증받은 재무설계사 양성의 필요성을 강조했다. CFP와 AFPK 자격을 활성화해 금융기관에 검증된 전문가의 수를 더 늘려야 한다는 것도 이와 같은 주장과 맥을 같이하는 것이었다. 코로나19 이후로 사람들이 자신의 재산을 잘 관리하는 방법에 대한 관심이 높아져 있었다. 하지만 재무 설계의 인식이 낮은 만큼 접근 방법을 모르는 경우가 많았다. 재무 설계의 인식을 높여 시장을 활성화하고 사람들이 자기 재산을 잘 관리할 수 있도록 돕는 것이 기관의 책임이라고 여겼다.

한국FPSB도 그동안 불특정 소통 대상인 소비자와 원만한 소통을 이루어 가기 위해 SNS와 인터넷 언론 등을 통한 홍보자료 배포 등 많은 프로모션을 벌여 왔다. 하지만 기업에서 일방적으로 제시하는 한 방향의 소통을 제대로 된 소통이라고 할 수 없었다. 일방적 소통에서 소비자는 기업에 신뢰를 가질 수 없고, 당연히 그 기업의 투명성도 확인하지 못한다. 내가 보기에 접하는 정보의 양이 적은 상태에서 검증된 전문가를 찾는 것에 어려움을 느끼고 있는 것이 확실했다. 코로나19 이후에 재산을 잘 관리하는 방법에 사람들의 관심이 높아지고 있는 점을 생각하면 좀 더 쉽게 접근할 수 있도록 도울 필요가 있었다.

건강에 이상이 생기면 의사의 전문 소견을 듣는 것처럼 경제 위기로 인해 가계의 재무에 생긴 이상 또한 전문가와의 상담을 통해 대책을 마련할 수 있어야 한다. 그래서 한국FPSB는 프로젝트 하나를 기획했다. 프로젝트는 고객이 자신의 목표와 꿈을 한국FPSB와 공유하면 그 꿈을 이루기 위한 제안서를 전달하는 식으로 진행됐다.

다양한 참여자의 목표를 듣고 진정성 있는 답변을 전했다. 이 프로젝트는 긍정적인 호응 속에서 마무리됐고, "재무 목표 달성에 대한 희망이 생겼다"는 평을 많이 들었다. 이 프로젝트는 재무 설계가 단순히 돈을 관리하는 것만이 아니라 개인의 삶과 인생 목표를 구체화하는 수단임을 보여줬다. 재무 설계가 꿈을 실현하는 데 얼마나 중요한지를 느끼게 해 주는 사례이기도 했다.

소비자를 보호하고 정보 격차를 줄이기 위해서는 전문가의 윤리성과 전문성을 쉽게 파악할 수 있는 체계가 필요하다. 하지만 현재 포털에는 검증되지 않은 기관이 이익 도모를 목적으로 한 불법 상품들이 난무한다. 이런 환경에서 국민들이 믿을 수 있는 전문가를 쉽게 만날 수 있도록 하기 위해서는 무엇보다 인재 양성이 시급하며, 이는 현재의 재무 시장이 서둘러 풀어야 숙제이기도 하다.

검증된 전문가의 교육이 활성화될 경우 우리 사회의 경제 운용도 한층 건전해질 것이 분명하다. 금융기관에서 자격 제도를 활성화해 금융 전문가들이 체계적인 교육을 받도록 할 필요도 있다. 이는 국내 금융 산업의 발전을 위한 투자이기도 하다.

사람은 삶에서 자기만의 가치를 창출하기를 원한다. 사람이 인생에서 성취하고자 하는 목표를 구체화하도록 포트폴리오를 제작하는 과정이 재무 설계다. 시작의 단계에서 목표를 설정하지 않고서는 골인 지점까지 도달하기 전에 포기해 버리기 마련이다. 가치를 실현하기 위해 목표를 정확히 정하고 과정까지의 지도를 구체적으로 그려봐야 한다.

자신과 가족 그리고 사회의 미래를 위해 신뢰할 수 있는 재무 설계 시스템을 구축하고 불안정한 시기에 대비해야 한다. 그리고 이런 제도적 개선안을 마련하기 위해 재무설계 활성화를 강화하는 일에 한국FPSB가 애쓰그 있다.

초고령화 사회,
정부뿐 아니라 개인 차원의 대비도 필요하다

ESG 경영은 이제 많은 기업이 도입하는 글로벌 경영 트렌드로 자리매김했다. 내가 이전부터 이 원칙을 나의 사업관과 관련지은 것은 내가 내세우던 가치와 맥락이 일치했기 때문이다. ESG 경영은 환경(Environment), 사회(Social), 지배구조(Gonernance)의 약자로 '환경을 보호하고, 사회에 기여하며, 윤리적으로 투명한 경영을 실천하는 경영 방식'을 의미한다. 기업이 장기적으로 외부의 신임을 얻고 지속가능한 발전을 도모하기 위한 전략으로 많은 기업이 채택하고 있다. 이는 신뢰와 투명성을 내세워 조직 가치를 쌓아 올린 한국FPSB의 경영 이념과 분명히 맞닿아 있었다.

2008년 글로벌 경영 위기를 겪은 금융 산업은 기업이 단기적 이익을 추구하는 것의 위험성을 깨닫고 기업의 지속가능성을 추구하는 경영에 관심을 갖게 됐다. 여기에 더해 코로나19 이후로 사회적 문제가 가져온 불안정한 긴장을 마주하면서 고객들은 사회에 이익을 주는 소위 '착한 기업'을 선호하게 됐다.

한국FPSB가 금융 인증기관으로서 윤리적 경영 원칙을 중시하는 건 당연한 수순이다. 또한 재무설계 인재를 양성하는 기관으로서 한국FPSB는 사회적 책임을 다하기 위한 기준을 강화하고 자격자의 윤리의식을 높이기 위한 재무 교육을 실시하는 등 ESG 경영 정책을 꾸준히 이어 왔다.

한국FPSB는 ESG 경영이 추구하는 지속가능성에 초점을 맞춘 시스템을 도입하기 위해 항상 토론을 벌였다. 교육·연구개발본부를 주축으로 퇴직 예정자 대상 재취업 지원 프로그램을 진행한 것도 코로나19 이후 실직 비율이 증가한 시점에서 사회적 경제위기 극복을 한국FPSB의 가장 중요한 기업 가치로 삼은 때문이었다. 65세 이상 노인인구가 전체 인구의 20% 이상을 차지하는 초고령화 사회를 살아가는 상황에서 은퇴 후 남은 삶은 한없이 길다.

은퇴 후에도 사회적·경제적 활동 범위가 점차 늘어나는 데 비해 경제 활동의 기회가 제공되지 않는 것이 고령화 사회의 문제로 꼽힌다. 이런 상황에서 경제적 여유가 있는 경우 노년을 대비하는 일은 상대적으로 덜 힘들겠지만, 빈부 격차로 인한 갈등 등 사회적 문제는 더 커질 수밖에 없고, 이는 결국 노인층 전체의 삶을 물질적으로나 정신적으로 궁핍하게 만들 게 뻔하다. 나는 그런 시각에서 인생 제2막을 새롭게 맞이할 준비를 미리 구체적으로 갖춰 놓아야 한다고 여겼다. 한국보다 고령화 사회 진입이

빨랐던 일본은 이미 은퇴 연령을 높이고 고령 노동자를 적극 고용하는 기업에 혜택을 주는 등 국가 차원에서 대응하고 있다. 한국도 국가 차원에서 고령화에 대응하기 위해 여러 정책을 마련 중이지만, 개인 차원의 대비 또한 지금부터 서둘러야 할 필요가 있다.

한국FPSB는 조직의 신뢰를 구축하고 장기적 발전을 독려하며 지속가능한 재무 설계 서비스를 제공하는 데 중요한 역할을 하고 있다. 한국FPSB의 3개년 경영 계획을 담은 'Vision21'에서 발표했듯이 자격자들의 윤리의식과 질적 성장을 도모하며 전문성과 신뢰성을 숙지하기 위한 교육을 심도 있게 진행하고 있다. 또한 재무 설계의 중요성을 널리 알려 재무 설계를 통한 가계의 안정을 위해 일하고 있다.

윤리 함양과 투명한 지배구조를 전면에 내세워 지속적으로 발전해 온 한국FPSB의 핵심 가치야말로 사회적으로 건전한 기업에 가장 근접해 있다고 생각한다. 나는 한국FPSB가 이러한 핵심 가치를 통해 사회에 이익을 더하고 건전한 금융 산업 발전에 기여하기 위해 꾸준히 노력하고 있다고 믿는다.

소통에는 '스피드'와
'다자간 교류'가 중요하다

간혹 50쪽이 넘어가는 장문의 보고서를 받아 보면 그것을 읽기도 전에 피로가 밀려올 때가 많다. 또한 회의에서 중언부언하며 많은 내용을 보고하다 보면 회의는 알맹이도 없이 한없이 늘어진다. 나는 경영의 중추는 '소통'이라고 생각하고, 이를 실현하는 방법론의 하나로 '스피드'를 중요시했다. 즉 '신속하고 정확한 소통'이다.

속도의 효율을 놓친 장문의 보고서는 대개 알찬 정보도 담지 못한다. 그냥 장광설을 늘어놓은 것에 불과할 뿐이다. 대면 보고도 마찬가지다. 보고가 길어진다는 것은 그만큼 부연 설명이 많이 들어갔다는 뜻이다. 이러한 군더더기는 집중도를 분산시키고, 그렇게 산만해지면 내용에도 왜곡이 생긴다. 결국 형식에 붙들린 논문급의 보고서는 알맹이가 빠진 허황된 수치에 불과하다.

보고라고 하면 핵심을 전달하는 의사소통을 최우선으로 해야한다. 간결하고 핵심만을 담은 보고를 받아들여 핵심을 짚은 의

사결정을 하면 되는 것이다.

경영인의 길을 걷던 초기부터 내가 한결같이 내세운 경영 원칙 중 하나가 '소통'이었다. 수출입은행장 시절에 취임 즉시 메일과 소셜미디어 등으로 CEO와 직접 대화가 가능한 소통 창구를 열었다. 농협금융지주 회장 취임 후에는 4대 경영 나침반을 제시했는데, '현장, 스피드, 소통, 신뢰' 중심의 조직문화로 쇄신하는 것이다.

소통과 효율은 언제나 이어져 있다. 원활한 소통은 일의 효율을 높이고, 막힘없는 업무 진행은 업무 만족도가 올라가는 데 기여한다. 그리고 성과는 또다시 직원 개개인의 능률로 이어진다. 소통이 원활하다는 것은 곧 상대에 대한 이해와 신뢰가 깊다는 것을 의미한다. 상대를 이해하고 존중하지 않는 상태에서 소통이 제대로 이루어질 수가 없다. 즉 나의 소통 경영은 직원들 간의 상호 신뢰를 바탕으로 진행되는 것이다.

농협금융 재직 시절 한 번은 직원들을 대상으로 열어둔 연락망으로 메일이 하나 도착했다. 대리급의 한 여성 직원이 해외 진출 기회에 대한 문제점을 조목조목 적어 올린 내용이었다.

그 직원은 해외 파견 근무의 기회가 모든 집단에 공정하게 제공되지 않고 있다는 의견을 차분하게 눌러 담았다. 새로운 문화를 경험하며 변화를 접하고 자기 성장으로 이어질 좋은 기회가 성별이나 공채와 비공채의 차이 등 특정 집단에 유리한 특혜로 적용한다는 것이 불합리하다는 내용이었다.

특정 집단에 유리하도록 특혜가 치우쳐 있어서는 제도의 좋은 취지가 살아날 수 없다. 조직의 구성원이라면 어떤 자격 요건에도 한정하지 않고 모두에게 공정하고 공평한 기회를 보장해야 한다.

나는 메일을 보낸 직원의 의견이 합당하다고 받아들였고, 이를 참조해 연수 전략 수정이 이뤄지도록 추진했다. 해외 업무 경험을 희망하는 여성 직원들을 대상으로 영국과 홍콩 등으로의 연수 기회를 제공했다.

여기에 더해 내가 미국에서 파견 근무를 하며 했던 경험이 내 업무 능력에 큰 영향을 주었듯이, 나는 연수뿐 아니라 장기 근무를 겪어 보는 것이 직원들에게 많은 배움의 기회가 될 것이라고 판단했다. 이에 따라 기회가 상대적으로 적었던 여성 직원들 중에서 우수 직원을 선정해 미국 뉴욕과 싱가포르 등 현지 법인에서 근무 경험을 쌓을 수 있도록 했다. 직원들에게 업무 성취와 관련한 장기 보상을 줄 수 있는 방안을 찾은 것이다.

직원들과의 소통은 일방통행 식으로 이뤄져서는 안 된다. 항상 쌍방 내지는 그 이상의 상대들과 함께 이뤄져야 의미가 있다. 그런 소통은 직원들이나 타 회사 관계자 등 소통 대상과의 신뢰를 쌓게 하고. 이들은 경영인이 뭔가를 추진하려 할 때 가장 강력한 우군이 돼 준다.

불필요한 격식을 없애야
소통의 물꼬가 열린다

사회의 첫발을 국제금융 시장에 내디딘 이후 나는 다양한 관점에서 사고하며 소통하는 일이 얼마나 중요한지를 깨달았다. 수용과 경청을 통해 소통의 노하우를 쌓기도 했다. 하지만 나만의 사고와 행동으로 굴러가지 않는 직장 생활에서 참 많은 시간 동안 경직된 조직문화가 초래하는 비효율을 직접 체감하기도 했다. 그래서 젊은 시절부터 '만약 내가 CEO가 된다면 사고가 유연하고 효율적인 조직, 변화를 두려워하지 않고 서로의 변화를 응원하는 조직으로 만들겠다'는 결심을 했다. 한마디로 소통이 잘되는 조직을 꾸리겠다는 것이다. 그리고 실제로 CEO가 됐을 때 나는 소통 경영을 실현하기 위해 다양한 시도를 했다.

우선 수출입은행장으로 부임한 뒤 업무 효율성을 높이기 위해 실무자들이 신속하게 의사결정을 내릴 수 있는 환경을 조성했다. 기존에는 정해진 양식과 절차를 거쳐 부장이나 임원이 행장에게 보고했지만, 이제는 실무자가 직접 자신의 업무를 보고하게 했다. 현장 상황을 가장 잘 아는 사람이 불필요한 단계를 거칠 필요가 없다고 판단했기 때문이다. 이를 통해 나는 직원들과 직접 소통할 기회를 얻었고, 젊은 직원들의 새로운 아이디어를 가까이에서 들을 수 있었다.

그런 현장에서 경험한 일 중 하나가 '절차가 결과를 낳는다'고 여기는 사람이 꽤 많다는 것이다. 하지만 이런 생각은 어떨 때는 맞지만 대부분은 착각이다. 절차가 합리적이어야지, 이전 관습대로 내려오는 형식의 반복이어서는 안 된다. 기업이 성장하고 전통이 쌓일수록 관습은 더욱 고착화된다. 하지만 새로운 시대는 점점 더 빠른 속도를 요구하고 모든 경쟁에서는 효율을 중시한다, 그런데도 조직 내부의 격식에만 맞춰 과거의 복잡한 절차만 고집하면 절대 발전을 이룰 수 없다.

절차는 결과를 좋은 방향으로 만들기 위한 방법에 불과하다. 그런데 방법에 불필요한 겉멋을 불어넣느라 중요한 타이밍을 놓친다면 주객이 전도된 꼴이 되고 만다. 현대의 비즈니스에서는 표현보다 스피드가 중요하다.

경영 일선에서 내가 자주 한 도전 중 하나는 관습을 깨는 일이었다. 수출입은행장 취임 초기에 나는 공직사회만큼이나 경직된 은행의 조직문화를 보고 탄식했다. 특히 소통이 막힌 사내 조직문화는 속도와 능률 무엇도 챙기지 못하고 있었다.

이에 나는 우선 직원들을 향해 "복잡한 관습을 따르는 형식주의에서 벗어나 업무보고는 휴대폰으로 하라"고 지시했다. 간편함과 신속함이 무엇보다 중요하다고 생각했기 때문이다. 물론 새로운 시도는 불편함을 동반하기도 한다.

수출입은행은 점잖고 보수적인 조직답게 첫발부터 순조롭지 않았다. 효율과 간편함을 추구하는 보고 방식을 두고 아이러니하게도 직원들 사이에서는 불편해하고 어려워하는 분위기가 퍼졌다. '어떻게 회장님께 휴대폰으로…' 하는 생각이 팽배한 듯했다. 실무자들은 상사에 대한 보고 절차를 생략하는 것에도 불안을 느끼는 분위기였다.

그것은 단순히 새로운 방식에 대한 거부감이 아니었다. 오래된 관습이 주는 익숙함을 버려야 하는 데서 밀려드는 두려움이었다. 직원들은 격식을 예절로 생각했지만, 그 때문에 남은 것은 소통의 부재뿐이었다.

많은 경우 효율성 없는 격식이 불편하다는 것을 알면서도 불편함에 익숙해져 무감각해진다. 하지만 현대의 금융업에서는 일의 신중함만큼이나 신속함이 중요한 요소가 되고 있다. 바쁜 현대인들이 빠름을 추구하고 있기 때문이다. 특히 한국에서는 지금 '느리다'가 곧 '불편함'으로 인식되곤 한다. 그래서 나는 "절차가 복잡하다고 해서 보고서의 완성도가 높아지지는 않는다"는 말로 일직선의 소통이 업무에서 얼마나 중요한지를 강조하며, 직원들에게 새로운 보고 방식이 결과적으로 더 효율적일 것이라고 설명했다. 이 과정에서 중요한 것은 자유로운 소통이라는 점을 다시 한번 강조하기도 했다.

그렇게 바뀐 보고 방식은 금세 자리를 잡아갔다. 처음 상사에게 문자로 보고하는 것에 어려움을 느끼던 직원들도 간결한 업무 보고와 지시가 즉각적으로 오고 가니 금세 익숙해졌다. 이후 웬만한 보고서는 문자나 전화로 대체했고, 형식이 필요한 경우에도 양식에 제한을 두지 않은 1~2장 내외의 축약 보고서로 받아 보았다. 또한 대면 회의를 줄이고 화상 시스템을 이용해 간편한 소통에 치중했다.

물론 나는 직원들이 불편하지 않게 수평적이고 편한 자세를 유지하려 애썼다. 소통의 문화를 정착시키기 위해서는 소통에 방해가 되는 격식부터 없애야 한다는 것을 그간의 경험을 통해 깨달았기 때문이다. 회장인 내가 격식을 차리는 번거로움 없이 짧은 문자 보고 한 번에 바로바로 답변을 해 주니 직원들도 그것이 편하다는 반응을 보였다. 이러한 변화는 조직 내 소통의 속도와 효율성 향상을 불러왔다. 그리고 이는 곧 전체의 업무 성과로 이어졌다.

금융업은 폐쇄적인 업계가 아니다. 자본 공급자의 역할을 하며 고객과 직접 소통하는 업계가 폐쇄적이어서는 기업으로서 제 기능을 다할 수 없다. 보수적이면서 딱딱하다는 인식이 강한 금융업이 고객에게 신뢰를 받고 진정성 있는 이미지로 다가가려면 무엇보다 소통이 중요하다. 또 고객과의 원활한 소통을 추구한다면 사내에 소통 문화를 구축하는 일이 우선이다. '집에서 새는 바가지는 들에 가도 샌다'고, 부서 식구들에게 격식만 따지며 땍땍거리는 사람이 고객과 부드럽게 소통할 리가 없다.

아울러 사내 젊은 인재들과의 소통문화가 수직 구조로 굳어져 있으면서 젊은 고객들과 소통을 꿈꾼다면 이는 어불성설이다. 내가 경영 활동 전반에 걸쳐 대내외 소통을 강화하는 데 힘쓴 것도 이러한 연관성 때문이다.

막내가 목소리를 내고
막내가 신바람나는 조직이 건강하다

CEO로서 나는 유능한 인재들이 자유롭게 의견을 개진할 환경이 갖춰지길 원했다. 그런 생각을 가지고 '바로 CEO'나 '자휴인' 같은 네트워크 채널을 통해 직접 행장에게 연락하기 편한 수단을 개설했다. 또 우수한 실적을 보인 실무 부서를 직접 찾아가 가볍게 간담회를 갖거나 점심을 함께하는 자리를 마련하는 등 직원과의 소통을 여러 방면으로 시도했다.

수출입은행장 시절 내 SNS 아이디는 '나행장'이었다. 젊은 직원들과 더 가까이 소통할 수 있는 방법이 없을까를 고민하다 고안해 낸 것이 사내 소셜네트워크 서비스인 'EXIM 자휴인'이었다. 여기에서 나는 '나행장'이라는 이름으로 직접 글을 올리거나 댓글을 달며 사내 직원들과 소통했다.

한 번은 이 아이디로 기업의 경영방침에 관한 글을 게시했는데, 이 게시글에 직원들의 댓글이 몇 개 달렸다. "진짜 행장이 맞느냐" "믿을 수 없다" 등의 댓글들 사이로 "인증샷을 올려 달라"는 요청이 있었다. 이 일로 나는 진땀을 흘렸다. 젊은 직원들과 가까운 거리에서 대화하겠다고 나섰는데, 당시간 해도 주로 젊은 사람들이 쓰던 '인증샷'이라는 신조어를 알지 못해 촌극을 벌인 것이다. 그 에피소드는 내가 젊은 직원들과 좀 더 가까워지고 소통의 문도 더 활짝 여는 징검다리가 됐다.

직원과의 소통을 위해 임직원들과 함께 북한산 산행에 나선 일도 있었다. 수출입은행장으로 부임하고 얼마 지나지 않아 꽃샘추위가 좀 누그러진 4월경이었다. 산야는 신록에 젖어들고 아파트 담장으로 개나리가 얼굴을 내비치던 완연한 봄기운 속에 나는 등산 배낭을 짊어졌다. 직간접적으로 소통하는 주요 부서의 직원들부터 신입사원까지 200여 명의 임직원과 함께 기업의 새로운 출발을 알리는 산행에 오른 것이다.

봄의 기운을 만끽하며 느긋하게 정상까지 오르는 동안 우리는 온갖 수다를 떨었다. 딱딱한 업무 얘기 대신 좋아하는 음식이나 가족 얘기, 여행 경험 등을 입에 올렸다. 중간 지점에서 휴식을 취하는 동안에는 신입사원 한 명 한 명과 악수하며 덕담을 건네기도 했다. 앞으로의 경영 방침을 이야기하기드 했다. 정상에 올라 다 함께 기념사진을 찍을 때는 왠지 모르게 마음이 짠했다. 긴 시간 함께할 새로운 가족들과 땀을 흘리며 마음을 나눈, 봄볕보다 몇 곱절은 따뜻했던 그 시간의 기억은 20년이 지난 지금도 뇌리에 한 장의 사진으로 뚜렷이 남아 있다.

나는 평소에도 휴일이면 종종 산을 오를 만큼 등산을 좋아

한다. 잘 모르는 사람과도 정상에서 만나 가져온 음식을 나누고 덕담을 주고받기를 좋아한다. 그곳에서 만난 사람들은 고단한 시간을 함께 겪었다는 유대감에 마음의 거리가 좁혀지는 것이 일반적이다. 평생 처음 보는 사람도 그러한데, 한동안 한 직장에서 한솥밥을 먹어야 할 사람들과의 산행이라 그런지 마치 가슴 가득 박하향이 번지듯 기분이 좋았다. 그 기분으로 임직원들에게 '앞으로 이야기를 더 많이 듣고 미래의 계획을 함께 나누겠다'고 약속했다. 약속이 말뿐으로 끝나지 않고 행동으로 이행되는 것을 보여주겠다고도 했다. 그리고 나는 수출입은행장으로 있는 동안 약속을 지키려 애썼다.

나는 직원들과의 소통에 있어서 부담이 없는 친근함에 중점을 두었다. 농협금융지주 회장으로 재임하던 시기에는 최고경영자로서 수직관계의 벽을 넘어 사원과 직접 소통하기 위해 여러 방안을 점검해 보기도 했다. 이전에 온라인 커뮤니티를 통한 젊은 직원과의 교류에 이어 사내 게시판에 'CEO와의 대화방'을 개설했다. 임직원 누구나 접근 가능한 경로로 농협금융의 발전 방향에 대한 목소리를 내도록 했고, 그중 발상이 좋은 아이디어들에 대해서는 내가 직접 피드백을 했다. 또 농협금융의 내 집무실은 언제나 열려 있었는데, 이는 직원들은 언제든 자유롭게 의견을 제안할 수 있고, 나는 그것을 들을 자세가 돼 있음을 보여주기 위해서였다.

직급과 무관한 발언의 기회가 정착되니 그동안 경영진의 명

령을 따르기만 하던 직원들도 조금씩 자신의 목소리로 의견을 내는 모습을 보여줬다. 대화방을 통해 전달돼 오는 직원들의 의견도 불필요한 격식을 덜고 불편한 점들을 개선하는 방향으로 흘러갔다. 그리고 나는 직원들의 귀한 의견을 전부 읽고 직접 답장을 해 의견을 주고받았다.

내가 정말 중요하게 생각한 것은 소통의 다음 단계였다. 듣기만 하고 끝나는 소통은 의미 없을뿐더러 오히려 '의견을 내도 바뀌는 건 없다'는 식의 불신을 키울 수 있다. 그래서 나는 간담회나 현장 방문 등에서 얻은 의견들을 모두 기록해 항목별로 나누고 코드화해 제안 시스템에서 진행 상황을 확인할 수 있도록 했다. 이 시스템을 구축한 덕분에 진행이 더디거나 진척되지 않는 항목은 놓치지 않고 챙길 수 있었다.

소통 경영의 핵심은 직원들이 자신의 의견이 조직 운영에 반영된다는 신뢰를 갖게 하는 것이다. 자유롭게 의견을 내고, 계급에 관계없이 의견이 존중될 때 비로소 열린 소통이 이루어진다. 이러한 소통문화는 곧 조직의 신뢰와 효율성을 높이는 원동력이 된다. 이는 내가 오랫동안 조직의 일원이거나 조직을 이끄는 사람으로 생활하면서 경험으로 체득한 소통의 기본 철학이다. 조직 막내의 소리를 듣고, 조직 막내가 신바람 나는 조직, 그런 조직이 건강한 조직이라고 나는 생각한다.

자신에게 게으른 사람이
조직에 열심일 수 없다

　바쁘게 돌아가는 사회의 부름에 맞추기 위해 자는 시간까지 쪼개어 자기개발에 매진하는 것이 현대 사회인의 기본 소양이라고 한다. 그토록 능률을 높이는 것에 몰두하다 보니 다들 효율에 집착하곤 한다.

　하지만 과연 자신을 무리하게 몰아붙이는 것을 효율이라고 할 수 있을까?

　인간은 사회적 동물이다. 우리는 매일매일 타인과 정서적으로 연결된 삶을 살아간다. 가깝게는 가족으로 묶여 있고, 멀리는 지구촌 인류의 일원으로서 섞여 있다. 사람과 떨어진 혼자만의 세상에서는 살 수가 없다. 요즘 TV에 자주 등장하는, 깊은 오지나 무인도에서 혼자 사는 사람도 생활 모습을 보면 누군가와 더불어 살고 있음을 금방 알 수 있다. 그 역시 누군가 만든 태양광 패널로 전기를 만들어 라디오를 듣고, 자신이 생산하지 않은 쌀로 밥을 지어 먹는다. 그의 곁에는 늘 누군가가 머물러 있는 것이다. 직장 생활도 마찬가지다. 우리는 회사 안에서 남과의 관계에서 영향을 받고 각자의 욕망을 충족하며 생활을 지속한다.

사실 내 시간도 대부분 타인과 연결돼 있다. 회사에서 직원이나 고객들과 정신없이 부대끼며 시간을 보내고, 집에 돌아와서는 가족과의 시간을 이어간다. 효율 중시의 사회는 나에게도 더 바쁘고 더 정신없이 살아가기를 권장한다. '최소 시간을 들여 최대 효율을 출력하라'는 말이 자기개발서의 홍보 문구로 자주 등장하고, 업무는 멀티 태스킹을 장려한다. 최근 들어 사내 복도를 걸으며 직원들의 책상을 보면 듀얼 모니터를 통해 여러 화면을 동시에 확인하는 모습을 자주 볼 수 있다.

나 역시 일을 통해 많은 보람을 얻는 편이다. 일을 하며 얻는 성취감은 기분을 고양시키고 이후의 일에도 긍정적인 영향을 준다. 또한 사람과의 만남을 통해 얻는 활기는 기분을 환기하는 것을 넘어 능률을 높이는 원동력이 된다. 말하자면 우리는 타인과 대화하고 마음을 공유하며 삶의 활력을 얻는다. 그러기에 나는 남과의 교류를 통해 얻는 에너지는 무척 가치 있고 귀한 것이라 여긴다.

하지만 때로는 온전히 자신에게 집중하는 시간을 보낼 필요가 있다는 것이 내 생각이다. 그래서 나는 실제로 그렇게 하기도 한다. 과거에 나만의 시간을 가질 수조차 없이 바빴던 때는 갑자기 한적한 시간을 맞이해 주위가 조용해지고 고독에 잠기는 시간이 오면 어떻게 활용해야 좋을지 알지 못했다. 나만의 시간을 가지는 일이 드물었기 때문에 사색과 마주하는 방법조차 몰랐다. 하지만 그렇게 바쁘게만 살던 시절에는 오히려 자주 회의감에 빠지곤 했다.

흔히 시간을 금에 비유해 말한다. 그 정도로 시간이 가치 있는 재화라는 것이다. 그리고 우리는 가족의 안락한 생활을 위해 그 귀한 시간을 쪼개고 나누어 일에 대진한다. 반면 가장 귀한 존재인 나 자신을 위해서는 별로 시간을 쓰지 않는다. 그것이 맞는 걸까? 나는 내 시간을 나를 위해 활용할 수 없는 현실에 의문을 품었다.

그리고 지금은 가끔씩 나만의 시간을 즐긴다. 휴일에 하는 드라이브도 그중 하나다. 한계를 쥐어짜듯 능률을 추구하는 것이 어느 정도 업무 능력으로 이어질 수는 있다. 하지만 단언컨대 오래갈 수는 없다. 어떨 때는 반드시 '빠름'이 필요하지만, 인생이란 먼 길을 빠름의 연속으로 차 울 수는 없다. 삶 속에서는 가끔 틈을 만들어 나만의 시간을 가지는 것이 생각의 전환으로 이어져 다른 의미의 효율을 만들어 낼 수도 있다.

이를 위해 내가 찾은 방법 중 하나가 드라이브다. 한적한 교외로 나가 차 안에 앉아 속도를 높여 도로를 달리면 한순간 머릿속이 깔끔하게 비워지는 기분이 든다. 차 안에는 나 혼자 앉아 있고, 내 옆을 빠르게 스쳐 지나는 것은 말 없는 자연뿐이다. 이곳에선 오로지 나만의 시간이 마련된다. 이때 나는 복잡한 업무와 대인관계에 대한 생각은 끊어 내고 오직 앞을 달리는 것만을 생각한다. 물론 교통법규는 철저히 지킨다. 그렇게 한참을 달리다 어느 한적한 카페에 앉아 차 한잔의 여유를 갖다 보면 세상이 참 예쁘게 보인다. 나는 가끔 누리는 그런 여우를 계속 갖기 위해 평소 열심히 일하는지도 모른다.

또 새벽의 드라이브를 하다 보면 새로운 풍경을 마주하곤 한다. 어둠이 가시지 않고 사방이 침묵에 빠져든 듯 조용한 거리, 거기에서 조금 속도를 올리고 차창을 내리면 좁게 열린 틈으로 빠르게 들이닥치는 바람 소리가 귓가를 자극하며 웬만한 스피커 못지않은 울림을 전한다. 순간 온몸에 짜르르 전기가 흐르는 듯해진다. 후드득거리는 바람 소리와 피부에 닿는 찬 공기가 묘하게 낯선 느낌을 주면서, 매일 다니는 길도 익숙한 도로가 아니라 전혀 모르는 풍경 속을 달리고 있다는 기분을 갖게 한다. 하지만 그런 생각에 빠져들 때쯤, 맞은편에서 차 한 대가 스쳐 지나가면서 나는 이내 현실로 돌아온다. 그리고 다시 일상의 바쁨 속으로 뛰어들어 누구보다 많은 사람을 만나고, 조직을 위해 사회를 위해 열심히 일한다.

나는 젊은 사람들이 조직을 위해 열심히 일하는 것도 좋지만, 그 못지않게 자신에게 투자하는 것도 중요하다고 생각한다. 자신에게 게으른 사람이 조직에 열심일 수는 없기 때문이다. 자신에게 투자하는 방법에는 여러 가지가 있겠지만, 자신이 푹 빠져들 취미를 한두 개 가지는 것도 나쁘지 않은 방법이다. 고대 로마의 철학자 세네카가 했다는 "취미는 우리를 삶의 멍에에서 해

방시키고, 우리의 정신을 날개 달린 말로 바꾼다"는 말은 바쁜 일상 속에서 가끔씩 떠올려도 괜찮을 법한 말이다.

일 때문에 가족에게 소홀한 것은 바보짓이다

누구에게나 자신만의 신념이 있고, 명확한 기준과 원칙이 있다. 하지만 오랫동안 튼튼하게 쌓은 그러한 믿음과 원칙 등을 한순간에 뒤엎어야 할 때가 있다. 일과 관련해 타협을 요구받을 때도 신념과 원칙이 흔들리기 일쑤다.

어떤 일이든 그 일을 완벽하게 처리해 내려다 보면 스트레스가 쌓이게 마련이다. 일이 잘 풀리는가 싶다가 갑자기 위기가 찾아오고, 이로 인해 불가항력의 무기력함과 실패를 직감한 부정적인 인식의 늪에서 허우적거리며 한 줄기 희망을 찾아 헤매다 보면, 그동안 떠들어 온 내 신념은 무엇이고 힘들게 지켜온 원칙은 무엇이었는지조차 잊게 된다. 이처럼 낙관과 비관이 함께하고 자신감과 주저함이 교차하기도 하는 우리의 내면은 늘 복잡하다. 그렇게 소용돌이치는 마음 한구석으로 예고도 없이 들이닥치는 무기력함은 나 자신에 대한 믿음을 번복하게 만든다. 그리고 그러한 마음은 가능성마저 확신하지 못하게 바꾸고, 이것이 반복되면 자칫 비관주의에 빠져들 수 있다.

이런 감정들에 빠져들지 않기 위해 우리는 늘 '자신을 긍정하는 방법'을 익혀 둘 필요가 있다. 자신의 믿음과 원칙을 지키기 위해 스스로 따라야 할 철칙으로, 이를 마음에 새겨 두면 여러모로 유익하다.

우선 한 가지 문제에 빠져 다른 중요한 것들을 잊어버릴 지경이 되면 나를 몰두하게 만드는 요소가 주는 무력감에 빠지기 쉽다. 풀리지 않는 서류를 들여다브면서 글자들과 눈씨름을 하다 보면 금세 피로에 잠기거나 나쁜 예감과 싸워야만 한다.

불확실한 전망에 붙들려 불 꺼진 방에서 내면과 싸움을 하는 것만큼 불필요한 소모가 없다. 이런 상황에서는 결단을 필요로 한다. 예를 들어 끔찍한 기분이 들기 전에 모니터부터 끄고, 읽지 않은 서류들은 서둘러 정리하고, 벗어둔 겉옷을 빨리 입을 필요가 있다. 늦지 않게 오늘의 일을 마무리 짓는 것이다.

또 일과 휴식을 정확히 구분해야 한다. 우선 업무 시간에는 외부 요소에 방해받지 않고, 해야 할 일에 몰입한다. 한눈을 팔게 만드는 유혹은 차단하는 등 하루 내에 정해진 시간만은 모든 신경을 떨쳐 버리고 해야 할 일에 집중하는 것이다.

하지만 그렇게 내게 정해진 업무 시간을 충족한 뒤에는 남은 서류에서 깔끔하게 손을 떼는 게 좋다. 간혹 퇴근 무렵에 일에 대한 욕심이 마음 한구석을 지배할 때가 있다. 조금 시간을 들여 더 좋은 결과를 만들고 싶다는 생각이 들 때도 있다. 그러나 이런 생각이 불쑥 튀어나오려 할 때면 우선 모니터의 전원을 차단하는 게 좋다. 조급하게 서둘러서 좋을 일이 별로 없고, 불쑥 떠오른 아이디어를 의미 있는 결과물로 만들기 위해서는 좀 더 숙고해야 할 시간이 필요하기 때문이다.

나는 퇴근할 때 절대 일을 집까지 들고 가지 않는다. 그것이 철칙 중 하나다. 장소를 구분하지 않고 일에 매진하는 것이 효율적인 업무 방식은 아니다.

내게도 욕심이 휴식을 빼앗던 시절이 있었다. 하지만 일과 휴식의 경계가 흐려졌을 때 의도는 발전을 향했을지라도 결과는 일과 휴식 모두를 무너트리고 말았다. 재무부에서 근무하던 시절의 젊은 나에게는 일과 휴식의 경계가 없었다. 야근을 밥먹듯이 하고, 집은 하숙집처럼 잠을 잘 때만 머무는 공간이었다. 일에 매달리다 보니 자라는 아이의 얼굴을 챙겨 보지도 못해 오랜만에 마주치면 이웃 아이처럼 몰라보게 성큼 자라 있는 것을 뒤늦게 눈치채야만 했다. 나중에 아이들에게 "아빠 모르는 곳에서 혼자 컸다"는 소리를 듣기도 하고, 혼자 아이들을 양육한 아내에게 과중한 짐을 떠맡겼다는 마음이 지금까지도 아쉬움과 미안함으로 남아 있다.

더욱이 가정을 소홀히 하며 매진한 직장에서는 효율을 무시한 격식에 회의감을 얻어야 했고, 휴식 없는 몸은 피로했다. 그 안에서 '나의 발전을 위해 가정의 평안함을 무너뜨린 일이 과연 내가 추구하던 결과를 가져왔는지'를 곰곰 생각했다.

어린 시절, 나는 주말이면 아버지의 뒤를 따라 집 주변의 공터로 나갔다. 가족과의 시간을 중시했던 아버지는 일을 쉴 때면 나와 자치기나 팽이치기 같은 놀이를 함께해 주셨다. 아버지는 내게 막대를 잡는 자세 등을 가르쳐 주기도 하셨다. 덜 자란 작은 손으로는 막대를 힘껏 쥐기가 어려워 휘두른 막대가 제대로 노린 방향으로 날아가지 않던 것까지 생생히 기억난다.

세월이 많이 흐른 지금, 그때의 아버지보다 더 나이가 들고 나서야 휴일에 일부러 자식과 놀아줄 시간을 만드는 것이 쉬운 일이 아니었음을 알게 됐다. 그래서 지금은 늦은 저녁이 되더라도 식사는 가급적 가족과 함께하려 한다. 주말에는 가능한 한 회사 일을 만들지 않으려 노력하고, 업두와 가정을 엄격히 구분하려 한다.

아이들이 훌쩍 커 성인이 된 지금은 손자들과 자주 휴일을 보내곤 한다. 나를 빼닮은 건지 활동적인 아이를 데리고 축구나 배드민턴의 상대가 돼 주곤 한다. 어린 시절 아버지에게 배웠던 것처럼 아이의 작은 손에 내 손을 겹쳐 배드민턴 라켓을 쥐는 법을 가르쳐 주기도 한다. 그렇게 아이들과 한 판의 경기에 몰입하다 보면 스스로 활기를 느낀다. 마음의 위안이 주는 기쁨에 모든 노고와 걱정이 쓸려 사라진다.

하지만 나는 이런 행복을 너무 늦게 알았다. 그러기에 더 소중하게 다가오는 것인지도 모르지만, 시간을 거슬러 갈 수 있다면 당연히 이런 행복을 젊은 시절부터 누리고 싶다. 지금 손자들

과 보내는 시간만큼 내 아이들과 시간을 보내고, 손자들의 웃음
만큼 내 아이들도 웃음 짓게 하고 싶다. 시간을 돌릴 수만 있다
면 말이다.

　회사에서 자신의 가치를 창출하며 가정의 시간을 뺏기지 않
으려 하는 것은 상당한 노력이 필요하다. 평형을 유지하는 것은
무엇보다 어려운 일이며, 그것은 때로는 심리적 소진을 불러일
으키기도 한다. 하지만 일과 가정의 균형은 절대 놓치지 않겠다
는 원칙만은 꼭 지키며 살라는 것이 내가 후배들에게 꼭 들려주
고 싶은 조언이다.

운동은 자신을 사랑하는 방법이자
성공의 문을 여는 열쇠다

이성과 열정을 조금씩 덜어내어 균형을 맞췄을 때 마음이 안정된다. 앞서 나가려는 열정은 안정을 용납하려 하지 않을지 모른다. 더 잘 해낼 수 있고, 더 인정받을 수 있기 때문에 몸이 스트레스에 시달리든 말든 피로를 느낄 틈도 없이 사람을 몰아붙인다.

하지만 그럴수록 우리는 '잠시 긴장의 끈을 놓고 편안하게 자고 일어난 이후에 더 효율성을 발휘할 수 있다'는 이성의 판단에 자신을 맡기는 습관을 들여야 한다.

일과 가정의 양립도 여기에서 출발한다. 한창 일할 때이고 경쟁도 심한 젊은 시절에는 일에 대한 열정이 넘친다. 하지만 세상을 열정만으로는 살 수가 없다. 열정과 이성이 어우러지는 삶이어야 한다. 그렇게 균형을 이룬 마음으로 내가 내린 결론은 '내게 일은 언제나 1순위다. 하지만 가정은 0순위다'이다.

앞에서도 얘기했듯이 나는 휴일언 대체로 가족과 함께 보낸다. 대신 사무실에서는 나와 회사의 가치 창출을 위해 전력을 다한다. 회사는 보통 이렇게 균형감 있는 직원들에 의해 유지된다. 한쪽에 치우친 사람은 건강한 조직을 만드는 게 도움이 되지 않는다.

그래서 나는 직원들에게 휴식을 적극 권장한다. 적절한 휴식은 자신을 가꾸는 것에만 한정되지 않는다. 장기적으로 회사의 정신에도 개인의 삶이 가지는 균형은 큰 영향을 준다. 일을 하다 보면 스트레스가 밀려와 잠시 삶의 균형이 무너질 것만 같을 때가 있다. 또 무엇을 위해 일을 하는 것인지 원초적 의문을 던지게 될 때도 있다. 이럴 때면 나는 하던 일을 멈추고 당장 격한 운동부터 한다. 땀을 흘리고 단순한 움직임에 정신을 집중하다 보면 일순간 스트레스가 녹아 없어지기 때문이다.

그런 연유에서 나는 일상에서도 운동을 즐긴다. 바쁜 일상에 맞춰 내면을 관리하는 일을 주말에만 한정하지 않는다. 내게 주어진 시간을 가능한 한 효과적으로 관리하고자 한다. 시간을 효율적으로 쓰기 위해서는 하루의 시작을 선명한 정신으로 열어야 한다.

나는 아침 일찍 일어나면 1시간 정도의 오전 운동을 한다. 한산한 분위기의 헬스장에 도착하면 가벼운 유산소운동으로 땀을 낸다. 신체에 열기가 돌 때까지 몸을 움직이고 뜨거운 물로 샤워를 마치고 나면 머릿속에 뭉쳐 있던 복잡한 생각들이 물과 비누 거품에 뒤섞여 알아볼 수 없는 형태로 쓸려 내려가 버리는 기분이 든다. 뿌옇게 변한 샤워룸을 나오면 머리는 한결 가벼워진다. 그 기분으로 하루를 시작한다.

물론 굳이 헬스장을 가지 않아도 된다. 근처의 공원도 좋고, 동네 한 바퀴도 나쁘지 않다. 중요한 것은 새벽이나 아침 일찍 시작하는 운동이다. 아침 운동은 그 사람이 전날 저녁에 과음을 하지 않거나 일찍 집에 들어오는 등 건강한 일상을 보낼 가능성이 높은 징표이기도 하다. 그런 점에서 아침 운동은 아주 중요하다.

나는 원래 활동적인 성격이라 사람과 대화하는 것도, 여기저기 돌아다니며 남과 접촉하는 것도 좋아한다. 다른 사람은 어떨지 모르지만, 나에게 움직임은 곧 마음을 순환시키는 과정이다. 운동을 마친 뒤에 느끼는 감정에서 다채로운 생각들을 떠올리기도 한다.

아침에 하는 운동의 좋은 점은 우선 남들보다 하루를 일찍 시작할 수 있다는 것이다. 또 운동은 단순하게 몸을 움직이는 것에만 집중할 수 있게 만든다. 이른 시간에 일어나 운동을 하면서 이런저런 고민들에 대해 생각하는 동안 반복되는 움직임은 내 마음을 단순하게 만들고 안정적인 국면으로 합리화하게 만든다.

내 머릿속에서 공간을 차지하던 잡다한 고민들이 운동을 하는 동안 서서히 몸 밖으로 빠져 나간다. 이처럼 운동은 전날과 밤 사이 마음에 쌓인 감정들을 털어내고, 긍정적이고 건강한 감정들로 교체해 채워 넣을 수 있는 시간이기도 하다.

삶의 경험에 비춰 보건대 하루의 끝을 결정하는 것이 하루를 시작하는 나의 감정일 때가 많았다. 그런 점에서 마음을 홀가분하게 하고 기분을 끌어올려 주면서 몸까지 튼튼하게 하는 아침 운동은 자신을 사랑하는 방법이자 성공의 문을 열어주는 열쇠라고 할 만하다.

직원 복지는 지출이 아니라 좋은 사람에 대한 감사와 보답이다

직원은 회사의 얼굴이다. 그런 직원을 회사의 소모품으로 여기는 생각은 위험한 발상이다. 언젠가 붕 뜬 시간을 죽이기 위해 잠시 들른 카페에서 대학생 정도로 보이는 아르바이트생이 주문을 받고 있었다. 잠시 후 커피를 받아 들고 자리를 잡고 앉아 있는데, 카페의 오너로 보이는 사람이 언짢은 표정으로 아르바이트생을 불렀다. 그러더니 이내 가게 안의 손님들은 아랑곳하지 않고 공개적으로 그를 크게 야단치기 시작했다.

가게 내부의 자세한 사정을 알 수야 없지만 소란은 제법 길게 지속됐다. 카페는 목 좋은 자리 1층에 널찍하게 위치했고, 커피 맛 또한 그럭저럭 좋았음에도 불구하고 나는 다시는 그 카페로 발길을 옮기지 않았다. 갓 스무 살 정도의 어린 종업원이 받는 처우를 10분 남짓 목격한 것이 그 카페에 대한 내 인식을 결정지었다.

고객에게 직접 제공되는 서비스부터 아주 사소하다고 여길 사무실의 작은 비품까지 직원의 생각과 손길이 닿지 않는 곳이 없다. 간단히 말해 회사가 버는 모든 돈은 직원의 손을 거쳐서 들어오는 것이다. 간혹 직원에게 턱없이 낮은 봉급을 주고 기초조차 마련되지 않은 복지로 직원을 대하는 사례를 보면 이상하게 여겨진다. 회사를 운영하며 함께 일하는 직원들이 회사의 미래를 적극적으로 판단하고 열정적으로 헌신해 주기를 바란다면, 그리고 자신이 가지고 있는 열정을 기꺼이 고객에게까지 전달해 주는 인재를 곁에 두고 싶다면 그래서는 안 된다. 직원에게 열정을 기대하기 전에 직원이 열정을 품을 수 있는 작업 환경을 제공하고 발판을 마련해 주는 것이 경영인의 바른 자세다.

그런 생각에서 나는 직원에게 향하는 복지는 회사가 기꺼이 감수해야 할 비용으로 간주하고 있다. 직원에 대한 복지는 줄일 수 있는 지출이 아닌, 좋은 사람들에 대한 감사와 보답이다.

내가 먼저 상대를 존중하고 존경하는 태도를 가지면 상대도 진심을 다해 응답한다. 그것이 인지상정이다. 회사도 마찬가지로, 구성원이 일터에서 느끼는 만족감이 생산성과 직결된다. 직원이 온전히 일에 집중하고 저마다의 창의성을 발휘할 수 있도록 일 외의 고민과 부담을 줄여 주는 것이 복지의 출발이며, 이는 지출이 아닌 투자의 개념으로 봐야 한다.

내가 최고경영자의 자리에 오르고 나서 한 첫 결심은 직원들에게 가정의 시간을 갖도록 하는 것이었다. '시간을 돌릴 수 없는 한 다 자란 아이들의 성장 과정을 지켜볼 수 없다'는 생각이 그런 결심을 하게 된 이유다. 과거의 나는 그러지 못했다. 일에 매달려 사느라 아이들이 성장하는 과정을 거의 지켜보지 못했다. 당시는 그것이 일반적인 직장문화였고, 사회 분위기였다. 하지만 나이가 들어 어느 정도 높은 자리에 앉아 돌이켜 보니 후회가 많이 남았다. 가족과의 시간이 얼마나 소중한지도 뒤늦게 알게 됐다. 그러면서 내 시간을 덜 조급하게 사용했더라면, 과거에 내가 겪은 문제들에 좀 더 유연한 사고를 할 수 있었더라면 하는, 대상 없는 원망도 했다. 하지만 흘러간 시간에 만약이란 말은 무의미하다.

대신 나는 내가 놓친 시간을 직원들이 붙들기를 바랐다. 그런 마음에서 야근 없는 조직문화를 만들자고 다짐했다. 늦게나마 가정의 소중함을 깨달은 나를 돌아보면서, 직원들이 가정을 최우선순위로 챙길 수 있는 환경을 마련해 주려고 했다. 선생(先生)은 가르치는 사람이 아니라 '앞서 산 사람'이다. 나 역시 앞서 살아 봤으니 뒷사람에게 이 정도는 해 주는 것이 마땅하다고 생각했다.

마침 수출입은행에는 내가 은행장을 맡기 이전부터 이미 '가정의 달'이라는 이름으로 주에 한 번 오후 5시에 퇴근하는 문화가 존재했다. 주에 단 하루 직원이 1시간 빨리 퇴근한다고 해서 회사에 큰 문제가 생기지는 않는다. 그럼에도 불구하고 당시에는 이 제도가 제대로 실행되지 않고 있었다.

물론 밀린 업무의 양이 많으면 취지와는 무관하게 어쩔 수 없는 경우가 생길 수 있다. 하지만 수출입은행에서 '가정의 날' 제도가 이름만 있을 뿐 실행되지 않는 것에는 더 복잡한 문제가 있었다. 관행으로 굳어 있는 조직의 계급문화가 그것이었다. 사실 이는 쉽게 무시할 수 없는 것이다. 어느 직장이든 상사가 자리를 지키고 있는데, 아래 직원이 먼저 퇴근하겠다고 자리에서 일어나는 것은 보통 용기로는 할 수 없는 일이다. 수출입은행 역시 상사들이 오랜 시간 일해 오며 몸에 밴 대로 습관처럼 자리를 지키는 것이 아래 직원들에게는 눈치를 보게 만드는 경직된 문화로 차곡차곡 쌓여 있었다.

나에게도 공무원 시절 상사의 퇴근을 기다리며 사무실에서 의미 없는 시간을 보내거나, 장·차관이 출근하는 바람에 주말에도 출근해 대기했던 기억이 있다. 당시에는 내 시간을 나를 위해 사용하는 것을 욕심으로 여겼다. 그것이 당연한 사내 문화였고, 그것이 비합리적이라고 생각하면서도 모두가 그 형식과 격식에 동참하였기 때문에 이미 형성된 분위기에서 이탈하는 것이 불가능했다. 하지만 이제는 시대가 바뀌었다. 그러면 문화도 바뀌어야 하는 것이 세상의 순리다.

남 못지않게 비효율의 관행을 경험했던 터라 나는 직원들이 제공된 복지마저 누리지 못하는 것이 안타까웠다. 경직된 문화의 나쁜 기억은 이미 내가 체험해 보았으니 내가 조직의 리더로 있는 동안은 조직의 문화를 부드럽게 만들고 싶었다. 그리고 내가 직원들에게 제공할 수 있는 복지의 가장 현실적인 선택이 바로 '가정의 날' 제도였다. 나는 이름으로만 남아 있는 '가정의 날'을 되살리기로 했다.

이후 수출입은행에서는 주어 한 번 오후 5시가 되면 직원들의 컴퓨터가 자동으로 종료됐다. 본디 구슨 일을 하려면 가장 먼저 주변 환경부터 일할 분위기르 만드는 법이다. 내가 업무를 시작하기 전에 옷차림을 편하게 하고 책상 주변의 정돈을 마친 후에 모니터의 전원을 켜는 것처럼 실천을 위한 마음가짐은 분명 형식으로 나타난다. 그와 반대로 일을 할 수 없는 상황에서 억지로 일하기는 쉽지 않다. 그래서 생각한 것이 '컴퓨터 강제 종료'였다. 꺼진 모니터에 비친 자신의 그릳자와 눈싸움을 하면서까지 자리를 지킬 사람은 없을 테니 말이라.

'가정의 날' 오후 5시에 퇴근을 알리는 음악이 흐르면 나는 자리에서 일어나 사내를 돌아다니며 잔업을 하는 직원이 있는지 둘러봤다. 만일 꺼진 모니터 앞에 앉아 사색에 잠겨 있는 직원이나 부서장이 보이면 직접 엄중한 경고를 내렸다. 내가 자리에 없을 때는 부행장이 그 역할을 더신하도록 했다. 얼른 집에 가서 가정에서의 시간으로 충분한 휴식을 취하고 맑아진 머리와 피로가 풀린 몸으로 출근하는 것이 근무시간 외 노동보다는 훨씬 업무에 도움이 된다고 훈계 아닌 훈계를 곁들이기도 했다.

'일해라'가 아니라 '일하지 말라'고 들들 볶는 상사가 나타나니 내가 직접 말하기도 전에 부서장 선에서 서둘러 직원들을 퇴근시키는 데까지 나아갔다. 이런저런 이유로 유명무실하던 '가정의 날’ 제도가 부활한 것을 지켜보면서 마음 한편으로 뿌듯함이 일었다. 지금 생각해도 그 결정은 정말 잘한 일이다.

직원들 간의 결속력을 높이는 것은 개인의 능률이나 회사의 성장 어느 면으로 봐도 보탬이 되는 일이다. 그리고 결속력은 아주 거창한 개혁을 통해 이뤄지는 것이 아니다. 직원들 각자의 마음에 퍼진 작은 울림 하나로도 바위보다 단단한 결속력이 만들어질 수 있다.

직원들은 바보가 아니다. 상사가 어떤 마음으로 자신을 대하는지 누구보다 잘 알고, 자신들이 받는 처우를 통해 자신이 다니는 회사에 대한 인상을 판단한다. 상사들이 흔히 아래 직원들에게 ‘내 마음 알지?’라는 말로 격려를 대신하곤 하는데, 직원들은 그런 말로는 상사가 자신을 어떻게 생각하는지 모른다. 상사는 물질과 행동으로 마음을 전달해 직원 스스로가 자신이 존중받고 있음을 알게 해야 한다.

직원은 자신이 느끼는 정도에 따라 자신의 능력을 최대한으로 끌어올려 일하기도 하고, 거꾸로 필요한 최소한만 겨우 드러나도록 일하기도 한다. 이는 사람으로서 지극히 당연한 일이다. 삼국지 최고의 지략가로 꼽히는 제갈공명이 유비에게 충성을 다하고 촉나라를 위해 헌신한 것도 유비가 자신의 가치를 알아봐 주었기 때문이다. 결국 직원들이 능력을 발휘하느냐 그렇지 못하느냐는 상당 부분 경영주의 역할에 달렸다고 할 수 있다.

열심히 일하는 직원은 그에 합당한 대우를 받아야 한다. 직원들은 자신의 가치를 충분히 실현하고 그에 걸맞은 대우를 충분히 누릴 수 있어야 한다. 직원 복지도 그중 하나다. 따라서 직원의 복지에 대해 고민하고 이를 실행할 수 있는 위치에 있는 경영자라면 회사를 위해 일을 하는 사람들에게 마음 이상의 물질적 보답을 해 주려 애써야 한다. 이는 불필요한 지출이 아니라 생산성을 높이기 위해 꼭 필요한 투자다.

직원은
소모품이 아니다

2011년의 일이다. 당시 수출입은행은 안정적으로 연간 흑자를 기록하고 있었다. 내가 은행장으로 부임한 이후 순조로운 항해가 이어지고 있어 나도 편안한 마음으로 앞으로의 일을 그릴 수 있었다.

수출입은행은 주 업무가 해외와 관련이 있는 관계로 야간 근무나 돌발 회의가 빈번했다. 나도 최종결정권자의 위치에 있다 보니 연이어 업무를 챙기는 일이 많았고, 그것에서 벗어나도 외부에서 온 고객과의 면담이나 결재 승인과 같은 일정들이 차례를 기다리는 숨 가쁜 나날을 보냈다. '즐거운 비명'이라는 표현이 딱 어울리는 날들이었다.

은행이 재정적 안정을 확보했기에 나는 은행을 더 성장시키기 위한 계획들을 진행할 수 있었다. 그리고 그 가능성은 바쁜 업무를 소화하고 열정을 보여준 훌륭한 직원들이 곁에 있었기 때문에 얻을 수 있는 기회였다.

당시 내 집무실 책상 위에는 손이 닿기 편한 위치에 메모 수납함이 하나 있었다. 나는 무슨 말을 할 때면 글을 적으면서 하는 습관이 있는데, 앞뒤 없이 무수히 떠오르는 생각을 차분히 정리하기에 수기로 글을 쓰는 것만큼 효과적인 것이 없다.

그래서 대화를 나눌 때만이 아니라 드물게 혼자만의 시간에 머릿속을 가득 채운 생각들을 정리하거나 사업 계획을 구상할 때도 나는 메모지에 마구잡이로 나열하듯이 글을 적는다. 집무실에는 이렇게 적은 메모 용지들이 차곡차곡 쌓여 있었다.

이 무렵 나는 직원들에게 보급의 의미로 내가 마련할 수 있는 복지에 대해 깊이 생각하고 있었다. 많은 생각들이 떠올랐고, 그중에는 제법 그럴듯하지만 실행하기 어려운 내용도 있었고, 전제부터 터무니없는 것도 섞여 있었다. 이들 가운데 가장 좋은 제안은 무엇일까를 고민하던 차에 한 여직원의 휴직 신청서를 받게 됐다.

그동안 눈여겨봤던 그는 일에 대한 능력이 있을 뿐만 아니라 욕심도 있는 사람이었다. 그래서 휴직의 이유를 듣기 위해 면담의 자리를 만들었다. 그 자리에서 그가 들려준 여러 이유 중 가장 큰 원인은 육아 문제였다. 출산과 육아가 회사 생활에 주는 고충은 사석에서도 꾸준히 언급되던 브분이었다.

특히 야간 근무가 잦은 수출입은행에서 일과 육아의 병행은 버거울 수밖에 없었다. 육아휴직 후 복직을 앞두고 아이 맡길 곳을 찾지 못해 고민 끝에 회사 생활 자체를 포기하는 모습도 봐왔던 터였다. 공무원 시절에는 부서 직원이 퇴근이 늦어질 때면 자녀의 하원 시간에 맞추지 못할까봐 조급해하는 모습을 곁에서 본 적도 있다.

당시 수출입은행의 여성 직원 비율은 점점 높아지고 있었다. 저출생과 여성의 경력 단절이 사회 문제로 대두되는 가운데 능력과 자기 일에 대한 애정을 두루 갖춘 직원들이 길과 가정을 양립하기 버거워 부담을 느끼는 것은 안타까운 일이었다.

더욱이 이는 가정만의 고민이라고 할 수 없었다. 회사의 문제요, 나아가서는 사회의 문제이자 나라의 문제라고도 생각됐다. 이러한 생각은 '회사는 마땅히 직원들이 마음 편히 일할 환경을 제공해야 하며, 이것이 복지 제도의 기본이다'라는 판단으로 이어졌다. 회사에서 가정의 부담을 덜기 위한 지원 시스템을 마련한다면 이는 사회 차원의 문제를 해결하는 좋은 선례로 남을 수 있을 것이라는 데까지 생각이 미쳤다. 그러고는 늘 하던 버릇대로 집무실에서 혼자 이런 내용들을 메모지에 적으겨 직원들의 업무 질 향상을 위한 방법 연구에 들어갔다.

이후 취학 전 아이들을 둔 직원들과 직접 면담 등을 통해 고민이 되는 문제들이 어떤 것일지를 귀담아들었다. 특히 직원들이 허심탄회하게 속마음을 얘기할 수 있도록 하기 위해 집무실이 아닌 비어 있는 회의실에서 향이 좋은 차 한잔을 나누며 대화를 나눴다.

그러던 중 최근 육아휴직을 마치고 복귀한 한 직원은 맞벌이

부부의 잦은 야근으로 어린 자녀가 혼자 시간을 보내는 것이 무척 부담이 된다고 속내를 털어놓았다. 어린아이를 맡길 곳조차 쉽게 구해지지 않는 상황에서 혼자 내버려 두기에는 아이에게 닥칠 위험이 너무 크고 많다는 얘기였다.

그런 얘기들을 종합해 만든 것이 2013년 3월 수출입은행 여의도 본점 1층에 문을 연 '꿈누리 어린이집'이다. 개원에 앞서 많은 조언을 참고해 규정도 세웠다. 국공립 어린이집 절반 수준의 보육비로 취학 전 자녀를 둔 직원들이 아이와 함께 출퇴근할 수 있도록 했다. 통상 어린이집보다 원아 연령대 제한을 넓히고 야간 근무 가능성을 고려해 보육 시간을 밤 9시까지로 정상 근무 시간보다 길게 운영하도록 했다. 물론 표준보다 이른 시간에 출근해 늦게 퇴근하며 힘써 주는 보육교사들에게 감사하는 마음으로 급여를 정부 기준보다 많이 지급하는 등 처우를 높였다.

처음 건물 1층에 어린이집을 설치하겠다는 의견을 밝혔을 때는 아이들이 내는 소음으로 업무에 방해가 될 것이라며 반대하는 의견이 거셌다. 하지만 어린이집이 운영된 이후 임직원의 만족도는 내가 예상한 것 이상으로 높았다.

출산 이후 커리어와 육아 중 한 가지를 선택해야 할 갈림길에서 안정되게 복직을 할 수 있게 된 것에 감사하며, 사내 어린이집 덕분에 이후의 가족계획을 세우게 됐다는 내용의 메일이 직원과의 업무 소통을 위해 열어둔 내 메일함에 도착하기도 했다. 그런 메일을 받을 때마다 나는 내가 다니는 회사에 대한 강한 소속감뿐 아니라 함께 일하는 구성원들과의 진한 동료애를 느꼈다.

수출입은행의 사내 어린이집은 어느새 개원 10년을 훌쩍 넘었고, 나는 은행을 떠났지만 감사의 메일이나 인사를 꾸준히 받고 있다. 얼마 전 "사내 결혼에 성공한 것이 어쩌면 기댈 곳이 있다는 안정감에서 비롯된 일인지 모른다"는 후배의 농담 어린 이야기를 들으며 '좋은 제도를 만들었다'는 자부심을 갖기도 했다.

직원은 일을 하는 데 쓰이는 소모품이 아니다. 그들은 성과를 내 자신의 가치를 확인하고자 한다. 또 많은 사람은 가정을 안정적으로 유지하기 위해 돈을 벌려고 일을 한다. 그렇다면 회사가 직원을 위해 할 일은 분명해진다. 직원들을 부품이 아닌 인격체로 대하고, 그들이 가치를 창출할 수 있는 쾌적한 환경을 만들기 위해서는 무엇을 해야 하는지를 고민하고 실천하면 되는 것이다. 그것이 성장하는 회사, 일과 가정을 양립하게 하는 회사로 나아가는 첫걸음이다.

조직의 존중을 받는 직원이
조직을 위해 일한다

나는 일을 하는 동안 사람은 친절과 소통으로 대하되, 업무에는 원칙과 엄격함으로 임했다. 누구에게나 친절하게 대하는 것은 내 삶의 이상이자 경영의 원칙이기도 했다. 내가 여러 복지 계획을 머뭇거림 없이 실천한 것도 큰 틀에서는 이런 자세와 맥을 같이한다. 나는 직원들에게 복지 혜택을 제공하는 것을 '너그러운 인심'이 아니라 분명한 '경영 전략'으로 보았다.

'내가 대하는 태도가 상대의 인식을 결정한다. 내가 친절하게 대하면 상대도 나를 친절하게 대할 것이고, 이런 마음이 업무와 연결된다면 그는 조직을 위해 온전히 자신의 능력을 발휘할 것이다.'

내 생각은 이랬다. 즉 내가 새로운 제도를 도입해 직원들의 삶의 질을 향상시키려 한 것은 결국 조직의 효율성을 높이기 위한 전략의 일환이었다. 그러나 보수적인 기업문화에서는 구성원들에 대한 복지를 확충하는 것은 손해처럼 여겨질 수 있다. 구성원들을 위해 근무 환경을 개선하고 이를 지원한 일이 업무 효율로 나타나기까지는 많은 시간이 걸리기 때문이다. 이윤과 이익을 추구해야 하는 시기에 지출을 증가시키고 육아휴직을 확장하며 근무시간을 단축하기까지 한다면 당연히 '위험한 벌상'이라는 지적이 나올 만하다. 내가 수출입은행에서 복지 계획을 발표했을 때도 언제나 회의적인 목소리가 흘러나왔다. 하지만 그것은 하나만 알고 둘은 모르는 소리라며, 나는 반대하는 사람들을 설득해 마침내 계획을 실행했고, 이는 실제로 수출입은행의 성과로 이어졌다.

얼핏 지출이 많은 것처럼 보여도 복지 혜택을 늘려 이직률을 줄이고 창의력을 발휘할 수 있도록 한다면 장기적긴 관점에서 비용의 절감과 생산성 증가로 이어진다. 반대로 근시안적 판단에서 복지를 없애고 지원금을 줄였다가 이직률이 높아지면 수시로 사람을 충원해 그들을 훈련시키고 적응하게 단드는 데 더 많은 비용과 시간을 써야 한다. 따라서 구성원들을 위해 복지를 확충하는 일은 회사의 운영을 위한 투자로 보는 것어 타당하다.

이런 복지를 계획할 때는 당사자들에게 가장 필요한 것이 무엇인지부터 파악해야 한다. 그리고 복지를 구성원들이 실제로 누릴 수 있게 하는 것이 가장 중요하다.

수출입은행에서 이전까지 '가정의 날'은 이름으로만 있던 제도였다. 자기가 누리지 못하는 복지 혜택을 그림의 떡처럼 바라보면서 애사심을 가질 직원은 없다. 어떤 좋은 취지의 프로그램이 아무리 다양하게 갖춰져 있어도 구성원들이 이를 직접 누릴 수 없다면 아예 없느니만 못한 것이 되고 만다.

수출입은행에서 내가 직원들을 위해 특별한 복지 혜택을 마련한 것은 아니다. 내가 한 일들은 구성원들을 존중하는 마음에서 비롯된 아주 기초적인 복지의 첫걸음이었다. 일하기 좋은 기업을 만들려 할 때 거창한 사업 계획이 필요한 것이 아니다. 그보다는 구성원을 존중하는 마음이 깃든 경영 철학이 중요하다.

회사로부터 자신이 존중받는다는 마음을 가지게 되면 직원들은 자신이 하는 업무에 대해서도 긍정적인 생각을 갖게 된다. 또한 존중은 사람의 마음을 안정되게 만들고, 더 나은 혜택은 좋은 사람들을 조직으로 끌어들인다. 그리고 동료의식으로 단단히 뭉친 열정이야말로 조직의 가장 강력한 성장동력이 돼 준다. 경영자는 이 점을 잊지 말아야 한다.

우리는 어머니께
부끄럽지 않은 삶을 살아야 한다

2025년 3월, 어머니께서 향년 99세의 연세로 돌아가셨다. 장수(長壽)의 상징인 백수(白壽)를 다 누리신 삶이셨다.

늦은 시각, 어머니가 위독하다는 연락을 받고 급히 병실로 향했다. 수술실로 들어가시기 직전까지 어머니의 손을 양손으로 꼭 잡아 드렸다. 노화로 인한 병환과의 긴 싸움 속에서 가장 힘든 시간을 보내셨을 어머니가 미소를 지으며 나를 바라보던 모습은 지울 수 없는 기억으로 남아 있다. 나는 병원의 대기실에서 오랫동안 어머니를 기다렸고, 이튿날 새벽 4시경에 어머니가 별세하셨다는 전담의의 판정을 들었다.

어머니는 병환 중에도 항상 웃음을 잃지 않으시켜 우리에게 큰 힘이 돼 주셨다. 마지막 순간까지 보여주신 미소는 지금도 기억에 생생하다. 위로와 격려의 말들이 잠깐의 시간 동안 이어졌다. 내내 곁을 지키던 아버지와도 길다면 길고 짧다면 짧은 시간 동안 어머니에 대한 이야기를 나누었다. 어머니께서 남기신 사랑과 지혜는 우리 가족에게 영원히 빛이 될 것이다.

장례 절차를 밟기 전 가장 시급한 문제는 장례식장 확보였다. 그날 새벽 나는 전화기를 여러 번 들었다. 그러나 서울 근방의 장례식장은 하나같이 예약이 가득 차 빈자리가 없다는 대답만 돌아왔다. 조금 먼 곳까지 알아보았지만 사정은 마찬가지였다. 창밖으로 해가 떠오르기 직전의 새벽 시간이 깊어가고 있었다. 이대로라면 일정을 조정해 4일장이나 5일장을 치를 수밖에 없는 상황이었다.

그러던 중 기적처럼 한 통의 전화가 걸려 왔다. 오전 11시 무렵, 강남의 한 장례식장 특실에서 기존 예약이 취소됐다는 연락이었다. 아마도 직전 예약자가 특실을 둘러보고는, 예상보다 지나치게 넓은 공간에 부담을 느껴 급히 취소한 듯했다. 나로서는 어머니의 장례를 제때 치를 수 있게 됐으니 천만다행이었다. 직전까지 만실이던 자리가 당일 때마침 하나 비게 됐으니 생전 어머니의 인복도 참 보통내기가 아니었다는 생각이 들었다.

어린 시절, 아버지의 교육이 규율과 예절을 기반으로 했다면 어머니의 교육은 넉넉함과 따뜻함 그 자체였다. 평생 교직의 길을 걸어오신 아버지가 소나무 같은 선비의 자세를 지니셨다면 어머니는 늘 품 넓은 포용력으로 우리 곁을 지켜 주셨다.

당시 아버지는 정계 진출의 제안을 마다하고 보령 지역의 여러 학교에서 교장직을 맡아가며 당신의 교육 철학을 실천하셨다. 어린 나로서는 학교에서조차 무서운 '호랑이 선생님'이 집

안에서도 함께 계신 셈이었다.

그런 아버지가 엄격하고 두려운 규율로 가장의 자리를 지키셨을 때 어머니는 그 반대편에서 온화함으로 다독여 주셨다. 돌이켜 보면 부모님께서는 자식을 대하실 때 규율과 따뜻함 사이에서 각자의 역할을 균형 있게 수행하신 셈이다.

결혼 전 부유한 가정에서 자라신 어머니는 넉넉한 자세로 베풂의 미덕을 늘 지니고 계셨다. 그것은 가족에 한정되지 않고 타인에게도 마찬가지였다. 젊은 시절의 어머니를 떠올리면 언제나 환한 웃음을 띠고 긍정적인 말씀을 건네시던 모습이 눈에 선하다.

누가 집에 구걸을 오면 어머니는 결코 그냥 내치지 않으셨다. 언제나 품 안에서 무언가를 꺼내 그것을 쥐여 준 뒤 그들을 돌려보내셨다.

내가 충남 보령시 웅천면 시골에서 서울의 고등학교로 진학하게 된 것 역시 어머니의 뜻이 컸다. '훌륭하게 자라기 위해서는 넓은 세상을 봐야 한다'는 어머니의 뜻에 따라 당시 서울에 계시던 이모와 외삼촌 댁으로 올라오게 된 것이다. 또 따스하게 다독여 주시던 어머니의 지지가 있었기에 낯선 서울 생활 속에서도 외로움에 지지 않고 잘 적응할 수 있었다.

지금도 나는 만나는 사람들에게서 "여유롭고 넉넉해 보인다"는 말을 듣곤 한다. 그럴 때면 아버지의 규율 사이에서 중재자의 역할을 하시던 어머니의 온화한 모습이 자연스레 떠오른다.

나는 원칙을 중시하는 아버지의 자세뿐 아니라 어머니의 인품까지 고루 물려받았다는 생각을 할 때면 마음 한구석이 따뜻해진다.

지난해 겨울은 유독 길고 혼란스러웠다. 국제 정세의 격동과 탄핵 정국이 맞물리며 국내외의 불안정은 해를 넘겨 계속 이어졌다. 날씨마저 이 같은 혼란을 대변하듯 늦은 봄까지도 추위가 가시지 않는 변덕스러운 날씨가 계속됐다. 그런데 놀랍게도 어머니의 장례를 치르던 사흘 동안만은 낮 기온이 26도 웃도는 포근한 날씨가 이어졌다.

화창한 날씨가 길을 오가는 발걸음을 조금은 수월하게 만들었을 터였다. 그 때문인지 어려운 시국 속에서도 조문은 끊이지 않았다. 빈소 입구에서 손님들을 맞이하며 나는 짧은 인사로 감사의 마음을 전했다.

조문 온 손님들은 그간 어머니가 어떤 분이셨는지 회고하듯 한마디씩 건네곤 했다. 늘 웃음이 많으셨고, 긍정적인 분이셨다는 말들이 이어졌다. 그들의 말 속에서 어머니의 따뜻한 마음과 인품이 여전히 살아 숨 쉬고 있다는 것을 느낄 수 있었다.

그토록 맑던 날씨는 어머니의 상을 치르고 일상으로 돌아갔을 때 돌변해 삼월의 눈이 쏟아졌다. 급격히 추워진 기온 속에서 '어머니의 가시는 길은 따뜻했다'는 안도감과 함께 평생에 걸쳐 쌓아오신 덕이 이렇게도 나타난다는 깊은 감회를 느꼈다.

'어머니를 닮았다'는 말은 언제나 내게 가장 큰 덕담이었다.

돌아보면 주변에서는 종종 나를 '온화한 카리스마'를 지닌 사람이라 평하곤 했다. 문득 그런 말을 들을 때면 어머니께 보고 배운 삶의 자세들이 내 안에 자연스레 스며든 결과가 아닐까 생각하게 된다. 업과 복은 대물림되는 것이라고, 평생을 자신에게 충실하셨던 부모님이 계셨기에 지금의 내가 있는 것이다.

지금도 선명히 떠오르는 어머니의 모습과 삶의 가르침을 바탕으로 한마디를 전하고 싶다. 사람의 생애에 쌓인 덕은 결코 그 사람만의 몫으로 끝나지 않는다. 불우한 이웃을 외면하지 않으시고, 자식에게나 남에게나 아낌없이 베푸셨던 어머니의 넉넉함은 세월을 건너 복이 돼 내려왔다.

그렇게 부모의 덕은 자식에게 전해지는 법이다. 그리고 그 너그러운 마음가짐은 가정과 일상을 넘어 삶 전체를 품는 그릇이 된다. 어머니가 베푸신 너그러운 자세가 내 리더십의 토대가 됐듯이 말이다.

용장(勇將), 지장(智將), 덕장(德將) 중 누구는 앞선 두 장수를 으뜸이라 여기겠지만, 나는 언제나 덕장에게 마음이 기울곤 했다. 덕을 바탕으로 한 조직은 오랜 시간에 걸쳐 형성된 신뢰와 유대를 기반으로 한다. 과정을 충분히 걸쳐 달성된 신뢰만큼 단단한 것은 없다.

일부는 덕장이 전술이나 결단력에서 용장이나 지장보다 못하다고 평가한다. 그러나 덕을 앞세워 사람을 이끄는 리더야말로 온화한 카리스마로 구성원을 움직이는 참된 리더다. 리더가

지지를 받는 조직은 쉽게 무너지지 않는다. 구성원들이 자발적으로 움직이는 집단은 공포가 아닌 덕망 위에서 작동한다.

물론 집단을 움직이는 데에는 엄격한 규율 또한 필요하다. 중요한 것은 바로 그 규율과 여유 사이의 균형을 어떻게 다스리느냐다. 내가 자라온 가정에서 부모님 두 분이 엄중함과 자애로 조화를 이루셨듯이 조직 역시 이러한 균형 위에서 건강하게 운영될 수 있다.

규율은 엄격하되, 그 안에서 구성원이 자유롭게 생각하고 능동적으로 움직일 수 있도록 만드는 것이야말로 덕이 있는 리더의 역할이다.

나는 몸담아 온 어느 조직어서든 직원들과 소통하고 그들의 이야기에 귀 기울이는 데 힘을 쏟았다. 구성원이 자유롭게 발언할 수 있어야 조직 전체가 성장할 수 있다는 것이 나의 믿음이었다. 그리고 리더로서의 이러한 나의 자세는 무엇보다 부모님으로부터 배운 삶의 태도가 있었기에 가능했다.

내가 강조하고 싶은 것은 단 하나, '리더는 늘 먼저 모범을 보여야 한다'는 점이다. 매 순간 나의 행동이 누군가에게 영향을 주고 있다는 것을 잊지 말아야 한다. 리더의 모범은 구성원의 변화를 이끌고, 그것이 결국 조직의 문화가 되며, 다음 세대의 삶을 풍요롭게 만든다.

고향의 산소에 들러 어머니의 묘 앞에 앉아 묘제를 지내며 어머니의 시간과 나의 지나온 시간을 함께 되새겼다. 사랑하는 분이 존경할 분이기도 하고, 본받을 분이기도 하다는 사실이 얼마나 큰 복인가를 다시금 느꼈다.

결국 한 사람의 삶은 그 자체로 다음 세대의 기준이 된다. 자식이 부모의 삶을 통해 세상을 배우듯 우리가 지금 짓는 말과 행동 또한 누군가에게 남겨질 이정표다.

'어떻게 살 것인가'라는 물음 앞에 부끄럽지 않기 위해 우리는 매 순간 모범이 돼야 한다. 우리가 오늘 어떤 삶을 살았는가가 곧 내일 누군가의 기준이 된다는 것을 기억해야 한다. 내 어머니의 삶이 그랬듯이….

시골 소년에서 배우는 청년,
그리고 어른 김용환이 되기까지

고향 마을 입구로 들어가는 길목에 서 있던 고목 한 그루가 기억난다. 마을 어귀에 자리 잡은 고목은 어른들 말에 따르면 100년도 더 된 그야말로 터줏대감이었다. 그 옆으로 난 흙길은 동네 어귀로부터 시작돼 낮은 돌담을 끼고 집들이 모여 있는 곳까지 이어졌다. 바로 내 기억이 시작되는 공간이다.

셸 실버스타인의 동화 <아낌없이 주는 나무>에서도 소년은 성장 과정의 전반과 노년기에 이르기까지 자연이 주는 아낌없는 희생을 배경으로 자랐다. 늙은 고목이 계속 한자리에서 소년에게 고향의 품을 내주었듯이, 나도 그향을 생각하면 어린 시절 내 성장 배경을 이루던 자연 풍광이 가장 먼저 떠오른다. 나는 그런 고향의 자연 속에서 내 미래에 대해 생각하곤 했다. 그리고 '나라는 사람은 어디서부터 시작해 므엇을 이루고 어떻게 늙어갈까' 하는 생각에 빠지기도 했다.

한적한 시골 마을의 아침은 소란하게 시작했다. 농사를 짓는 가구가 대부분이던 시골 동네라 부지런하게 일을 시작하는 어른들을 따라 아이들도 이른 아침을 맞이했다. 초여름에 녹음이 가득한 산길을 따라 걸으면 산자락 아래로 펼쳐지던 드넓은 논밭이 눈에 선하다.

넓게 끝없이 펼쳐진 논밭을 눈으로 따라가면 하늘과 땅이 마주 닿을 것만 같았다. 비탈을 내려와 논두렁 사이로 균형을 잡으며 뛰어가다 보면 발 옆으로 시냇물이 흐르고, 바람에 벼가 물결치듯 흔들리는 소리가 귓전에 두드렸다. 졸졸거리는 시냇물에 맨발을 담그면 종종 그 위로 떼 지어 날아다니던 잠자리를 잡고 놀기도 했다.

보령의 자연은 중학생 때까지만 삶의 배경으로 함께했다. 고등학생 때부터는 서울에 있는 학교로 진학해 혼자 고향을 떠나왔다. 내 삶을 주도적으로 꾸려 가려는 열망은 어린 나이부터 시작됐다. 서울의 곧게 포장된 도로와 바쁨으로 가득 찬 소음이 내가 마주한 도시의 첫인상이다. 서울에 살던 친척 집의 방 한 칸에 시골에서 가져온 짐을 풀면서 이제 삶의 배경이 새로 그려지는 것이라고 어렴풋이 생각했다.

고등학생의 시절은 일탈 한 번 없던 우등생이었다. 난사람이 돼 좋은 학교에 진학하겠다는 결심으로 정말 열심히 공부했다. 그러면서도 한편으로 소년기의 배경이 돼 준 보령의 자연을 자주 머릿속에 떠올렸다. 그렇게 향수가 비집고 들어올 때마다 공책 한 바닥에 영어 단어를 가득 채워 적었다.

　내 인생은 기억나는 시작부터 지금까지 끊임없이 몰입하고 쉼 없이 달려온 과정이 아니었나 싶다. 어쩌다 배우게 된 경제학도 금세 재미를 붙여 몰두했다. 또 행정고시를 높은 성적으로 한 번에 붙을 정도로 공부에 열심이었다. 그 후 23기 동기생 230여 명 가운데 단 3명만이 첫발을 내디딘 재무부에서 공직으로 첫 직장 생활을 시작했다.

　나는 스스로 생각하기에 물질적인 면에서는 검소한 편이지만 일에 대한 욕심은 큰 편이었다. 욕심이 생기는 것은 대부분 시도했다. 더 많이 배우겠다는 욕심에 미국 밴더빌트대학으로 유학길에 올랐고, 더 시야를 넓히겠다는 목표로 미국 증권관리위원회(SEC)로의 워싱턴행 비행기에 올랐으며, 복지 정책에도 관여했다.

　시간의 흐름에 한참 떠밀려 오다가 문득 뒤를 돌아봤을 때 어린 시절 상상하던 내 미래를 그런 대로 잘 만들었다고 생각했다. 더불어 사람은 누구나 자신의 미래를 원하는 모양으로 그려낼 힘을 가질 수 있다는 믿음도 가졌다. 하지만 나의 인생 여정은 여전히 어린 시절 품은 꿈을 향해 끊임없이 새로운 도전에 나섰다. 그렇게 시간이 흐르는 동안 나는 많은 변화를 겪으며, 그때마다 무언가를 배우기도 하고 잃어버리기도 했다. 그 모든 게 모여 지금도 나는 나를 만들어 가는 과정 속에 있다.

　'나라는 사람은 어디에서부터 시작해 무엇을 이루고 어디로 가는가.'

어쩌면 나는 그 답을 찾는 것이 아니라 스스로 답을 만들고 있는지도 모른다. 그렇게 살아오며 겪은 시간들과 경험한 장면들이 지금의 나를 구성하고 있다. 그리고 그 속에서 나는 끊임없이 일하고 있다. 나는 지금 그렇게 계속 살고 있다.

젊은이여, 고난의 때가 도약을 준비할 시기다

이른 가을바람이 불던 어느 날 오후 나는 깜빡 낮잠에 빠져 짧은 꿈을 꿨다. 꿈에서 나는 뒷산에 불이 나 산 하나가 모두 타버리는 광경을 먼발치에서 바라보고 서 있었다. 잠에서 깬 꿈풀이를 찾아보니 길몽이라고 했다. 불이 클수록 길운이 트인다는데 산 하나가 몽땅 탔으니 큰일이 일어나려는 모양이었다.

이것을 지인에게 말하니 "그런 건 다 미신이다"고 했다. 또 다른 사람은 "길몽은 남에게 말하면 안 된다"며 "좋은 기운이 흩어져 나쁜 기운으로 채워진다"고 했다. '이미 자랑도 다 마쳤는데, 어쩔 도리가 있나. 그냥 개꿈이다' 하고 혼잣말로 중얼거렸다. '나쁜 일이 생기면 개꿈을 꾼 탓으로 돌리고, 길운이 들면 내가 잘한 공으로 치지 뭐' 하는 마음으로 흘려보냈다. 그런데 그해는 진행하던 사업도 잘 끝마치고 좋은 한 해를 마무리했다.

언젠가는 친한 사람이 사주팔자를 보고 와서 내게 하소연을 했다. 내년까지는 뭘 해도 일이 안 풀리고 후년에나 가야 맥이 뚫린다는 점괘가 나왔다는 것이다. 그는 올해 하려던 일들을 전부 보류하고 몸을 사려야 하느냐며 시름에 잠겼다.

나는 너털웃음을 터트리고는 그에게 내가 꾼 꿈 이야기를 들려줬다. 그러고는 "길몽을 꿔서 사업이 잘된 거면 꿈꾼 날부터 아무것도 안 하고 놀았더라도 내가 과연 잘됐을까?"라고 물었다.

사실 그해에 나는 프로젝트 성사를 위해 사방으로 뛰어다니며 사람과의 관계를 쌓고 몇 차례나 해외 출장을 나가느라 휴식 시간을 죄다 반납해야 했다. 길몽이 기분을 북돋워 계기를 만들 수 있어도 일이 잘 풀리고 좋은 한 해를 마무리 지은 것은 순전히 내가 열심히 일했기 때문이다.

나는 그에게 "못 되면 점괘 탓, 잘 되면 내 공으로 치자"고 말했고, 그제야 그도 인상을 풀고 웃는 표정을 지었다. 나중에 듣기로 그해 그는 고심하던 계약도 잘 성사시키고 그럭저럭 평탄한 한 해를 보냈다고 했다. 다만 그가 좋아하던 구두 한 짝을 키우던 개가 물어뜯어 못 쓰게 됐다고 하기에 내가 "점괘가 일부는 들어맞았나 보다"며 웃어주었다.

나는 젊은 사람들이 작은 것에 일희일비하느라 현재를 만끽하지 못하는 일이 없길 바란다. 시간은 쉼 없이 흐르고 그 속에서 삶의 무한한 가능성이 열리고 펼쳐지니, 조급함을 내려두고 좀 더 자기 삶을 즐길 수 있기를 권한다. 그리고 내 글이 잠시 가쁜 호흡을 돌리고 그런 삶의 태도에 대해 생각하는 시간을 줄 수 있었기를 소망한다.

나는 물에 관한 비유를 좋아한다. 물은 만물을 이롭게 하며 동시에 스스로는 무리하지 않고 자연스럽게 흘러가는 성질을 가지고 있다. 노자는 도덕경 8장에서 상선약수(上善若水)를 말했다.

"최고의 선(善)은 물과 같다. 물은 관물을 이롭게 하는 데 뛰어나지만 다투지 않고, 모든 사람이 싫어하는 곳에 머문다. 그러므로 도에 가깝다."

이 말은 '유수부쟁선'과 함께 내게 큰 울림을 주었다. 흐르는 물은 시간을 따라 휩쓸려 가는 우리 인생과 무척 닮았다. 물이 계곡과 강의 굴곡진 흐름을 다라 자연스럽게 흘러가듯이 우리 인생도 시간이라는 큰 흐름을 쫓아간다. 또 모든 물이 위에서 아래로 흐르듯이 어느 내로라하는 부자도 시간에 따라 나이 드는 것을 피할 수 없다.

그런데 시대가 지날수록 우리 사회는 급변하고 있다. 빠른 변화를 추구하는 요구 조건에 닷춰 저마다 내는 목소리의 볼륨도 커져 가는 듯하다. 쉼을 사치로 여기고, 개인이 몇 인분의 성과를 내는지를 평가의 잣대로 삼는다. 그 안에서 젊은 세대들은 가쁜 숨을 몰아쉬고 있다. 예전의 시간을 '조용한 강물'에 비유한다면 요즘의 시간은 빠르게 돌아가는 '소용돌이' 같다. 하지만 그럴수록 잠시 호흡을 고를 필요가 있다.

요즘 세대는 믿지 않겠지만, 우리 세대도 젊은 시절에는 지금 젊은이들이 겪는 만큼의 혼돈에 휩쓸려 가쁘게 살았다. 그 전대와 비교할 수 없는 빠름과 변화를 요구받으며 살았다. 세상살이는 다 그런 것이다. 지금에 비하면 30년 전은 무척 느린 시대 같지만 30년 전도 그 앞의 30년 전에 비하면 '눈이 팽팽 돌아가는' 사회였다.

그 시간을 보내 왔기에 지금 젊은이들에게 자신 있게 말할 수 있다. 마음속의 버거움들을 조금 내려놓고, 빠름에 쫓기는 걸음을 잠시 멈춰 서 자신을 돌아보며, 흐르는 물에서 삶의 지혜를 배워 보라고 말이다. 이는 어쩌면 그렇게 하지 못한 선배가 그럴 기회를 가진 후배를 부러워하며 전하는 조언이기도 하다.

살아가는 길목에서 사람은 누구나 많은 자극을 받고 또한 어려움을 겪기 마련이다. 또한 처음 큰 세상으로 향하는 길은 낯설테고 불안을 느낄 수밖에 없다. 그렇다고 가던 걸음을 멈출 수는 없다. 어차피 나아가야 한다.

강물도 흐르다 보면 때로는 큰 바위가 길을 가로막을 때가 있다. 그러면 물은 불평 한마디 하지 않고 빙 돌아서 흐르거나 잠시 고이기도 하고, 때로는 다른 사물과 부딪치며 흩어지기도 하는 겸손한 자세로 나아간다.

물은 또 담는 그릇에 따라 제 모습을 바꾼다. 네모난 그릇에 담으면 네모난 모양이 됐다가 동그란 그릇에 바꿔 담으면 동그란 모양이 되는 유연함을 가지고 있다. 하지만 물은 아무리 모양이 변하더라도 물이라는 속성은 온전히 유지한다. 제게 주어진 환경에 만족하며 맞춰 살면서도 고유한 성질은 바뀌지 않는 완고함을 지니고 있다.

살아오면서 느낀바, 우리 삶의 가장 큰 미덕은 자연스러움에 있다는 생각이 든다. 대세에 맞춘 변화를 따르거나 잔재주를 부리고 싶을 때도 있겠지만, 나는 자연의 흐름에 따라 묵묵히 정도(正道)를 걷는 삶의 방식을 권하고 싶다. '착한 물'처럼 말이다.

그러나 작은 물방울이 바위를 깎는다는 수적석천(水滴石穿)이라는 말도 있다. 이렇듯 인내를 품고 어떤 모양에도 맞춰 변화하는 유연함을 가지면서도 주위에 휘둘리지 않고 강건함을 지니며 흘러가기를 바란다. 그리고 물이 한곳으로 모이듯 우리의 시간도 한 방향을 향해 간다. 느려도 조용하고 부드럽게 흘러가며 살다 보면 눈앞에 큰 바다로 이어질 것이다.

처음 책을 펴낼 생각을 하던서 원고에 어떤 내용을 적을까를 오랫동안 고민했다. 돌이켜 보면 치열하게 살아온 만큼 쌓아 올린 일들이 많은데, 어떤 이야기가 글을 읽는 사람에게 진지한 울림을 줄까를 생각하는 게 여간 쉽지 않았다. 한 사람이 살아온 인생은 방대하고 그 싸움의 과정에서 당사자인 내가 느낀 감정과 마음을 글로 풀어내는 작업은 간단한 일은 아니었다.

그럼에도 내가 들려주고 싶은 이야기에 초점을 맞춰 한 줄 한
줄 쓰다 보니 계속 이어 쓰게 됐다. 글을 쓰는 동안 그간 걸어온
길에서 만나 도움을 받은 많은 인연이 떠올랐다. 소년기, 학생
시절, 사회의 첫발에 내디딘 공무원과 전문 금융인 그리고 이 자
리에 오기까지 마주한 수많은 분께 감사를 전한다. 귀한 사람들
이 있었기에 미숙한 내가 자라 여기까지 올 수 있었다.

내 시간은 어느새 훌쩍 흘러 큰 바다를 목전에 두고 계속 흘
러가고 있다. 그 과정에서 가장 크게 배운 교훈은 '삶이란 누군
가와 함께 나아가는 길'이라는 것이다. 내가 실수를 거듭하는 동
안 잘 지도해 준 멘토와 기업이 어려움을 겪을 때 내 결단을 이
해하고 함께 일해 준 직원들, 그들과의 모든 시간들이 조각조각
모여 지금의 내가 만들어졌다. 한 문장 한 문장을 쓰는 동안 '그
들이 없었다면 이 장면은 없었겠고, 이들이 없었다면 다른 장면
으로 바뀌었으리라'는 생각에 잠겼다. 글이 막힐 때는 이 문장을
함께 거쳐온 사람들이 독려하는 목소리가 들렸다.

'잘 달렸어요.'

나도 그랬듯이 제아무리 대단한 사람도 어려움에 부딪히지
않는 법은 없다. 그래서 이 책을 손에 쥐게 된 사람들에게 "도전
에 부딪히는 걸 그리 겁내지 않아도 된다"는 말을 전하고 싶다.
나 역시 그런 마음으로 지금도 변화하는 금융 체계에 대한 공부
를 멈추지 않고 있다. 최근에는 젊은 후배들을 자주 만나 가상자
산에 대한 이야기도 들려주곤 한다. 많았던 시장 변동과 고객 유

동성은 내게 어려운 과제를 안겨 주었지만 내가 창출해 낸 가치를 가로막지는 못했다.

어떤 기업도 어려움 없이 성공하지 못한다. 뼈아픈 실패의 경험은 성공으로 이끄는 튼튼한 뼈대를 구축한다. 이런 긍정적인 마음은 생각보다 많은 것을 가능케 한다. 좌절하지 않고 열정을 가지면 눈앞의 일이 해결될 가능성은 훨씬 높아진다. 어쩌면 좋은 해결책을 생각해 낼 수도 있다.

나도 그런 긍정적인 사고로 잘 살아가기 위해 지금도 애쓰고 있다. 그리고 앞으로 지금까지보다 힘든 역경을 만날 수 있다. 하지만 나는 끊임없는 자기 등정과 숱한 경험에서 찾은 원칙들을 무기로 어려운 시기를 극복해 갈 것이다. 지금까지 몇 번이나 그래왔듯이 말이다.

거듭 말하지만, 물방울이 모여 바위를 깎고 작은 흐름이 큰 바다로 이어지듯이 이 시대의 젊은이들 역시 어떤 어려움도 겁내지 말고 긍정의 마음으로 드전하기를 바란다. 모두의 앞날에 끝없는 가능성이 열려 있음을 믿기를 바란다. 고난을 마주했다고 여기는 그 순간이 새로운 도약의 디딤돌 하나가 놓이는 순간임을 깨닫기를 바란다.

원고 바깥에서 이어진 이야기

처음 회장님을 뵀을 때부터 저는 자연스럽게 '회장님'이라는 호칭을 사용해 왔는데요. 원고를 읽다 보니 '회장'이라는 호칭이 회장님의 시간을 너무 단순하게 정리하는 것은 아닐까 하는 생각이 들었어요. 국장, 위원장, 은행장 등 수많은 직함으로 불려 온 시간 속에서 회장님 스스로 가장 기억되고 싶은 직함은 무엇인가요?

저는 지나온 시간뿐 아니라 지금도 다양한 이름으로 불리고 있습니다. 어떤 시기에, 어떤 관계로 만났는지에 따라 다른 호칭이 자연스럽게 굳어지고 그 이름이 지금까지 이어지고 있죠.

예를 들어 농협금융지주 시절에 만난 분들은 지금도 저를 '회장'이라 부르고, 수출입은행 시절을 함께한 분들은 '행장'으로, 금융감독원에서 인연을 맺은 분들은 '수석부원장님'으로 부릅니다. 현재 금융위원회에 몸담고 있는 분들 가운데에는 여전히

'위원'이라고 부르기도 하고요.

그중 특정한 호칭 하나에 특별한 애착이 있지는 않고, 각각의 호칭이 모두 다른 시절의 저를 가리키고 있다고 생각합니다. 지금 몸담고 있는 법무법인에서는 저를 '고문'이라 부르는데, 그 또한 지금의 저를 설명하는 또 다른 이름이라고 봅니다.

제각각의 호칭 속에는 제가 걸어온 시간과 관계 그리고 그때마다의 책임이 녹아 있어요. 그래서 어느 하나도 가볍게 생각하지 않고 모두가 소중하면서 특별하다고 여기고 있습니다.

(편집자)

회장님 글에서 '회사에 충실한 만큼 가정에도 충실하라'는 문장이 젊은 독자의 한 사람으로서 무척 강하게 가슴에 와닿았습니다. 하지만 옳은 말씀이라는 걸 알면서도, 저뿐만 아니라 다른 사람들도 현실에서는 양쪽 모두에 충실하기 어렵다고 느낄 것 같은데요. 이 문장이 선언이 아니라 실제 삶의 문장이 되기까지, 회장님은 어떤 마음가짐과 생활의 원칙을 지켜 오셨는지 듣고 싶어요.

저자

저 또한 마찬가지입니다. 지금도 일과 가정의 균형을 둘러싼 고민은 과거와 크게 다르지 않아요. 다만 지금은 선택의 조건이 많이 달라졌다고 생각해요. 제가 사회생활을 시작하던 시절에는 직장에 충실하지 않으면 살아남기 어려웠습니다. 승진도, 성과도, 미래도 직장에 얼마나 헌신했는지에 달려 있었죠. 자연스럽게 생활에서 최우선순위는 회사였고, 가족은 뒤로 밀려날 수밖에 없었어요. 모순된 말일 수 있지만, 가정을 지키기 위해 가족을 희생한 셈이죠. 결과는 나쁘지 않았더라도 가족에게 적지 않은 희생을 강요한 시간이었습니다.

과거에 제가 충분히 해내지 못했다고 느끼는 부분이기에 저는 가는 곳마다 일과 가정의 균형을 유독 강조하곤 합니다. 그런데 최근의 젊은 세대들은 직장보다 가족을 더 중요하게 여기는 경향을 보입니다. 그런 분위기가 확실히 느껴져요. 이는 가치관의 변화이기도 하지만, 한편으로는 직장에 대한 안정성이 크게 낮아진 현실을 반영하고 있다고 생각됩니다. 예전처럼 한 직장에서 오래 일할 수 있는 기대가 사라진 시대에서 가족은 불안정한 삶을 지지하는 가장 기본적인 안전망이 됐을 겁니다. 저는 이러한 변화가 자연스럽고 또 바람직하다고 생각합니다.

물론 일과 가정이 서로를 잠식하는 관계가 아니라, 함께 병존하며 나아갈 수 있다면 그것이 가장 좋은 모습이겠죠. 해외 근무 경험에서 일과 가정의 시간을 모두 지켜내는 사람들을 보면서, 그때 삶의 균형은 선택의 문제가 아니라 태도의 문제일 수 있겠다고 느꼈습니다.

일과 삶이 균형을 이루지 못한다면 개인의 문제뿐 아니라 사회 전체의 지속성도 흔들릴 수밖에 없어요. 그렇기에 저는 여전히 말합니다. 직장에 충실하되, 그만큼 가정에도 충실하라고요. 그것은 이상이 아니라 제가 미처 해내지 못했던 삶에 대한 뒤늦은 후회이기도 합니다.

편집자

회장님께서는 '유연'하면서도 '흔들림 없는 원칙'을 수차례 강조하셨습니다. 하지만 젊은 세대에게 이 두 단어는 서로 반대말처럼 느껴질 듯합니다. 어디까지가 유연함이고, 어디서부터는 반드시 지켜야 할 가치인지 판단하기가 쉽지 않기 때문이죠.

저자

저는 가장 기본이 되는 사고는 원칙적이어야 한다고 생각합니다. 원칙이 분명하지 않으면 판단의 기준이 흔들리고 돌발적인 상황에 휩쓸리기 쉽기 때문이죠. 다만 현실이라는 것은 늘 원칙만으로는 해결되지 않는 순간을 만들곤 합니다. 원칙의 선 안에서는 도저히 해법이 나오지 않는 상황도 분명히 존재하죠. 그럴 때는 일정한 유연함이 필요하다고 봅니다. 원칙을 고집하는 목적은 결국 일을 성취하고 문제를 해결하는 데 있으니까요. 저에게도 설득과 대화, 조율을 통해 조금 더 유연하게 접근해야 했던 순간들이 있었습니다.

하지만 중요한 점은 유연함이 원칙의 부재에서 나와서는 안 된다는 것입니다. 유연성을 발휘하기 위해서는 기본이 되는 원칙이 탄탄하게 자리 잡고 있어야 해요. 무엇을 지키고 무엇을 조정할 수 있는지에 대한 기준이 분명해야 불가피한 상황에서도 흔들리지 않고 판단할 수 있습니다.

결국 유연함이란 원칙 위에 서서 상황에 맞는 최선의 길을 찾는 과정이라고 봅니다. 지켜야 할 선은 분명히 지키되, 그 선 안에서 어떻게 움직일지를 고민하고 조정해 나가는 균형이 중요한 거죠.

(편집자)

회장님의 글에서 '연금청'에 대한 언급은 독자들에게도 신선한 발상으로 다가설 듯합니다. 국민연금과 공무원연금 등 연금 문제는 늘 사회적 이슈가 되고 있지만, 이를 전담해 장기적으로 설계하고 책임질 기구는 여전히 부재한 상황이니까요. 왜 우리 사회에는 아직 연금청과 같은 조직이 없는지, 그 구조적 이유가 궁금합니다.

(저자)

연금청이 없는 가장 큰 이유는 권한을 통합하고 조정하기가 매우 어렵기 때문입니다. 현재 연금은 보건복지부, 행정안전부, 국방부 등 각 부처가 나누어 맡고 있어요. 각 부처 입장에서는 오랜 시간 쌓아 온 권한과 영역을 양도하는 것이 쉬운 일이 아니죠. 결국 이를 조정하려면 강력한 정치적 의지와 제도적 결단이 필요합니다. 대통령의 결단이든, 의회의 뒷받침이든 누군가는 실행의 책임을 져야 합니다.

연금 문제는 당장의 위기로 체감되지는 않지만, 초고령화가 진행될수록 20~30년 후에는 반드시 현실로 닥칠 문제입니다. 지금처럼 국민연금과 공무원연금 등을 개별적으로 조정하며 보험료를 조금 올리고 수급 시기를 늦추는 방식은 구조적 문제의 해법이 되지 않아요.

그래서 저는 지금부터라도 연금청에 대한 논의가 필요하다고 생각합니다. 당장 제도를 만들지는 못하더라도 문제를 공론화하고 토론의 장에 올려야 합니다. 각 연금 제도가 개별로 움직이기보다 일부라도 우선적으로 통합하거나 조정해 더 많은 국민이 공정하게 혜택을 나누는 방향을 고민해야 하는 거죠.

물론 현실적인 걸림돌은 분명히 있습니다. 부처 간의 이해관계, 연금 수급 집단 간의 이해관계가 서로 다르기 때문입니다. 그렇기 때문에 더더욱 공론화가 필요해요. 제가 과거 생보사 상장을 추진할 때도 1년이 넘는 시간 동안 자문위원회를 꾸리고 토론과 공청회를 반복했습니다. 연금 문제는 그보다 많은 사회적 논의가 선행돼야 합니다.

개인적으로 연금청이라는 화두를 던지고 싶은 바람은 분명히 있습니다. 다만 지금 저는 공적 권한을 가진 위치에 있지 않고, 이런 문제는 국민통합위원회나 정부 및 국회와 같은 공적 기관에서 본격적으로 다뤄져야 합니다. 필요성은 이미 많은 사람이 알고 있어요. 중요한 것은 실제 행동으로 옮길 수 있는 용기죠.

(편집자)

효심은 한국 사회에서 오랜 미덕이지만 오늘날에는 개인의 능력이나 성과와는 별개의 가치로 여겨지기도 합니다. 부모를 공경하는 마음이 직장생활이나 사회생활에서도 의미 있는 태도로 이어질 수 있을까요?

저자

다른 분들도 그렇겠지만, 저는 부모님의 영향을 매우 크게 받으며 자랐어요. 제가 어린 시절을 보낸 사회는 지금보다 훨씬 단순했고, 특히 시골에서 살아오신 부모님 세대는 인성과 감성이 삶의 중심에 있었죠. 복잡한 이해관계보다 사람 사이의 정과 신뢰가 우선이 되던 시절이었습니다.

그런 환경에서 자연스럽게 배운 태도와 마음가짐은 이후의 삶에도 깊이 남았습니다. 부모를 대하는 마음은 결국 사람을 대하는 태도로 이어졌죠. 그리고 그렇게 상대를 존중하고, 사람을 귀하게 여기는 태도는 사회생활에서도 중요한 바탕이 된다고 봅니다.

요즘은 1인 가구와 2인 가구가 늘어나면서 부모와 떨어져 지내는 경우가 많아졌습니다. 그렇게 삶의 방식은 달라졌지만, 누군가를 깊이 존중하고 감사하는 마음까지 사라질 필요는 없다고 봐요. 그리고 사람을 대하는 태도는 조직 안에서도, 사회 안에서도 결국 신뢰의 깊이로 이어집니다.

능력과 성과도 중요합니다. 하지만 그 바탕에 사람으로서의 기본이 갖춰져 있느냐는 전혀 다른 문제예요. 효심이 깊다는 것은 단순히 부모에게 잘한다는 의미를 넘어 인간관계의 기본을 알고 있다는 의미를 지닌다고 생각합니다. 그런 사람은 어디서든 오래 신뢰받을 수 있을 겁니다.

편집자

회장님의 글에는 '물'에 대한 비유가 자주 등장한다는 점이 인상적입니다. "부드러우면서도 강인한 둗처럼 살라"는 조언은 깊은 울림을 주는데, 사실 현실에서 그것을 실천하기는 어렵습니다. 지금의 젊은 세대는 사소한 일에도 쉽게 욱하거나, 반대로 금세 지쳐 무기력해지곤 하거든요. 회장님의 '물의 태도'는 실제 삶에서 어떤 마음 관리와 훈련에서 나왔는지 듣고 싶습니다.

저자

요즘 세상은 지나치게 빠르고, 사람들은 늘 불안해합니다. 경쟁은 치열해지고, 기술은 빠르게 변하다 보니 모두가 결과를 서두릅니다. 저 역시 그런 조급함을 느낀 적이 적지 않습니다. 하지만 오랜 시간을 살아보니 대부분의 일은 조금 빨리 가느냐 늦게 가느냐의 차이일 뿐 큰 흐름 자체를 바꾸지는 못한다는 걸 알게 됐어요.

이후 저는 성급해지지 않으려고 애써 왔습니다. 남들이 앞서가는 것처럼 보여도 서두르지 않고 나만의 원칙과 속도로 차근차근 준비하는 쪽을 택했죠. 도도하게 흐르는 물처럼 자기 갈 길을 잃지 않고 흘러가다 보면 결국 큰 물을 이루게 된다고 믿었기 때문입니다.

살다 보면 나보다 늦게 시작한 것 같은 사람이 먼저 승진하거나 앞서 나가는 순간도 있을 겁니다. 그럴 때 조급해지기보다 참고 견디는 시간이 필요합니다. 끝에 가 보면 늦는 듯 보였던 사람이 더 멀리 가는 경우도 많거든요. 물은 서두르지 않지만 결국 바다에 닿습니다.

마음을 다스리는 데에는 특별한 비법이 있는 것은 아닙니다. 다만 평소에 마음의 여유를 유지하려 노력해야 해요. 옛 장수들이 전쟁을 앞두고 끊임없이 훈련하면서도 결정적인 순간을 기다렸듯이 무엇보다 중요한 것은 준비를 하되, 때를 기다릴 줄 아는 태도라고 생각합니다.

단기간에 단숨에 결과를 얻으려 하지 말고 조금 더 멀리 보고 넓게 생각할 필요가 있어요. 부드럽지만 꺾이지 않고, 느리지만 멈추지 않는 물처럼 살아가는 것! 이것이 제가 젊은 세대에게 전하고 싶은 마음가짐입니다.

(편집자)

급변하는 기술과 불확신한 미래 앞에서 젊은 세대는 무엇을 준비해야 할지 막막함을 느낍니다. 미래를 위해 반드시 갖춰야 할 것, 그리고 빠른 변화의 속도 속에서 흔들리지 않기 위해 품어야 할 마음가짐에 대해 인생의 선버로서 조언을 해 주세요.

저자

젊은 세대에게 가장 먼저 권하고 싶은 것은 새로운 지식과 기술을 꾸준히 익히는 '준비'입니다. 지금은 AI, 가상자산, 플랫폼 기술처럼 과거에는 존재하지 않던 산업과 기술이 빠르게 등장하고 있습니다. 국가 간 경쟁 역시 제조업 중심에서 신기술과 서비스 산업 중심으로 옮겨가고 있죠.

우리나라는 그동안 제조업을 기반으로 성장해 왔습니다. 신기술과 새로운 서비스 분야에서는 아직 층분한 경쟁력을 갖추지 못한 부분도 있어요. 그렇기 때문에 오히려 지금의 어려운 시기는 젊은 세대에게 기회가 될 수 있다고 봅니다. 누가 먼저 새로운 산업에 접근하고, 그 기술과 지식을 자기 것으로 만드느냐가 앞으로의 생존을 가를 겁니다.

기회는 갑자기 찾아오는 것처럼 보이지만, 실제로는 준비된 사람만이 알아볼 수 있습니다. 제가 과거 농협금융지주 시절 가상자산 분야에 비교적 이른 시기부터 관심을 갖고 관련 사업을 추진할 수 있었던 것도 남들보다 먼저 그 흐름을 이해하고 있었기 때문이죠. 아무도 주목하지 않을 때 쌓아둔 지식과 훈련이 나중에 기회가 왔을 때 그것을 기회로 인식하게 만듭니다.

그래서 젊은 세대에게 '새로운 산업과 기술에 대한 공부를 미루지 말고 미리 준비하라'고 말하고 싶습니다. 어려운 시기일수록 탄탄한 준비가 필요하고, 이는 언젠가 도전의 발판이 될 겁니다. 한편 이런 시대를 살아가며 품어야 할 마음가짐은 '조급해지지 않는 태도'와 관련한 것들입니다. 변화의 속도가 빠를수록 단기간에 성과를 내야 한다는 압박도 커지게 마련입니다. 하지만 조급함은 판단을 흐리게 하고 방향을 잃게 만듭니다. 준비는 차분히 하되, 때가 왔을 때 움직일 수 있는 여유를 남겨 드는 것이 좋아요. 준비와 기다림이 함께 갈 때 비로소 기회를 자기 것으로 만들 수 있습니다.

(편집자)

만약 회장님이 지금의 경험과 시선을 가진 채 다시 20~30대로 돌아가신다면 삶의 태도에서 달라지고 싶은 것은 무엇인지 궁금합니다.

저자

지금의 경험을 가진 채 다시 젊어졌을 때 하고 싶은 일은 의외로 아주 개인적인 것들입니다. 우선 저는 예술과 가까워지고 싶습니다. 기타를 치거나 음악을 작곡하고, 미술처럼 표현하는 일을 조금 더 자유롭게 해 보고 싶어요.

돌이켜 보면 젊은 시절에는 해야 할 일이 너무 많았습니다. 일도, 책임도, 경쟁도 끊임없이 이어졌고 그 안에서 운동이나 자기 관리 같은 것들은 어느 정도 해 왔습니다. 하지만 당장의 성과와는 거리가 있는 영역에는 충분한 시간을 내지 못했죠. 지금 돌아보면 그 점이 아쉽게 다가옵니다.

기타를 치며 음악을 즐기거나, 예술을 통해 자기감정을 표현하는 사람들을 보면 여전히 부럽습니다. 그런 경험은 성공과 실패의 문제가 아니라 삶을 조금 더 풍부하게 만드는 힘이 있다고 생각합니다.

그렇기에 젊은 세대들에게 '꼭 쓸모로만 따지지 않아도 되는 무언가를 삶에 남겨 두라'는 조언을 덧붙이고 싶습니다. 일과 성과에만 집중하다 보면 놓치기 쉬운 감각들 같은 거요. 젊을 때만 가질 수 있는 여유와 감성을 너무 빨리 포기하지 않았으면 합니다. 이와 같은 기억과 경험 역시 훗날 자신을 지탱해 주는 중요한 자산이 될 수 있거든요.

물처럼 흐르고 원칙으로 서다

초판 1쇄 발행 | 2026년 3월 1일

지 은 이 | 김용환
발 행 인 | 노정균
발 행 처 | 내일날씨

등 록 번 호 | 제2018-000081
주   소 | 서울특별시 금천구 서부샛길 606, B동 2205호
전   화 | 02)334-1215
팩   스 | 02)861-8657
이 메 일 | goodnalc@goodnalc.co.kr

ISBN 979-11-967921-6-9(03810)
값 18,000원